鬼切り夜鳥子《ヌエコ》

～百鬼夜行学園～

桝田省治

JN285300

Famitsu Bunko
ファミ通文庫

口絵・本文イラスト　佐嶋真実

目次

第一章 猫玉《ねこだま》——月曜日 005
第二章 さばえの主《しゅ》——火曜日 053
第三章 桜《さくら》の精《せい》——水曜日 105
第四章 水虎《みずとら》——木曜日 143
第五章 憑喪神《つくもがみ》——金曜日 183
第六章 傀儡渡《くぐつわた》り——土曜日 215
終章 決戦《けっせん》——日曜日 273
後書き まだ見ぬテレビゲームのリプレイ小説 278

●作者からのお願い
声優の高山《たかやま》みなみさんの声が思い出せる方は、駒子《こまこ》には高山さんの元気で明るい声を、夜鳥子《ヌエコ》には低くて怖い声をイメージして読んでほしい（笑）。

第一章 猫《ねこ》玉《だま》——月曜日

潮丸【うしおまる】
右腕に宿るシオマネキの式神。召喚時は小さな蟹が集合し、右腕に巨大な蟹バサミを形成する。

―1―


月曜日。少女は走っていた。

放課後の廊下《ろうか》を。

ポニーテールを背で跳《は》ねあげ、汗の滴《しずく》を飛ばしながら、両の手を振って。命懸《いのちが》けで。

その背に追いすがる影。影。影。


校舎は、ただならぬ熱気と、がつんと鼻をなぐる濃《こ》い獣臭《けものくさ》さに満たされていた。

リノリウムの床《ゆか》が、夕陽《ゆうひ》に染《そ》まり血を流したように赤い。その赤色を舐《な》めとるように拡《ひろ》がっていく黒い闇《やみ》の中に、無数の光が鈴《すず》なりに灯《とも》っていた。

声がする。

ぺちゃくちゃと舌足らずな囁《ささや》き。

びえんびえんと甲高《かんだか》く尾を引く赤子《あかご》のような泣き声。

かりかりと冷たい床をこする爪《つめ》の音。

にゃぁにゃぁみゅうみゅぅぐるるぐるるきゅぅきゅぅびえんびえん。

猫だ。

灯《あか》りは、数百の猫の瞳《ひとみ》だ。

大きな猫、小さな猫、黒い猫、白い猫。それも尋常《じんじょう》の猫ではない。首だけの猫が、ひゅうひゅうと音にならぬ声を出している。風船《ふうせん》のように毛を逆立てた猫が、顔から腐《くさ》った目玉をぶらさげている。首を二つ生やした雄猫《おすねこ》は、ムカデのように足を生《は》やした雌猫《めすねこ》と転《ころ》がりながら、まぐわっている。親猫の脇腹《わきばら》から、首だけの仔猫が七匹。みゃぁみゃぁと鳴いて乳を吸っていた。

いずれ劣《おと》らぬ異形《いぎょう》の猫の、その上に猫、その下に猫。折り重なる猫の手足が絡《から》みあい、あるいは溶《と》け合い、巨大な塊《かたまり》を作ろうとしていた。

ぼりぼりという異音がする。猫が猫を噛《か》み砕《くだ》く音だ。あさましい嬌声《きょうせい》は、睦《むつ》み合う声だ。

ときおり、塊から抜け出る猫もいるが、尻尾《しっぽ》を捕まれて引き戻されるものもいる。異形の塊には無数の脚《あし》があった。床をひっかき、あるいは転がりながら、怒濤《どとう》の勢いで進む。

それは転がるたびに周囲の猫を取りこみ、体積を増していく。見る間に廊下の左右にふれるほどの大きさに膨《ふく》れあがっていった。

猫たちのすぐ先には、学生服の男と女。

手に手を取って走っている。男のほうは体つきは悪くないが、すでに息があがっている。汗で前髪《まえがみ》がはりつき、片手は振るというより振り回され、足ももつれかけている。髪を縛《しば》った小柄《こがら》な女のほうは、まだ余裕があった。息は規則正しく、手足の振りにもリズムがある。時おり後ろを向いて、距離を測《はか》る余裕さえある。

距離は、どんどん縮《ちぢ》まっていた。

津波のように押し寄せる塊。その先では、六本脚の猫が、ゴキブリのようにしゃかしゃかと床をかける。腕の間に膜《まく》を張った猫が、蝙蝠《こうもり》のように滑空《かっくう》する。蝙蝠猫は、女を見てにゃあと鳴くと、口の端《はし》からよだれを垂《た》らした。

男の手が離れる。汗で滑《すべ》ったのだ。

女を呼ぼうとして声を上げるが、ぜぇぜぇという喘鳴《ぜんめい》以外は出てこない。そこで焦《あせ》ったのが、もういけない。かろうじて保っていたペースは乱れ、足の運びが見る間に遅くなる。

蝙蝠猫が、宙を飛んで男の肩口をひっかく。シャツが引き裂《さ》かれ、その下から血がにじむ。

悲鳴にならない悲鳴とともに男の体が急に沈んだ。

男の足を取ったのは、床に空いた穴だ。

硬質《こうしつ》な床には、いつの間に穿《うが》たれたのか、黒々とした穴が一つ。

生臭い風が吹きつけ、穴のふちには尖《とが》ったものが植《う》わっている。

二本の牙《きば》、そして先の割れた細い舌。それに男が気づいたかどうか。

男の体は、腰まで床に埋まる。血を吐くような悲鳴が廊下にこだまする。

だが、女は足を止めないばかりか、振り向きもしない。

やがて、男の体がすっかり呑《の》みこまれると〝穴〟の顎《あぎと》が、ぱくりと閉じた。ずぶずぶと床の中に消える口。

その上を猫の塊が女を追いかけて転がる。

男は、知っているのだろうか。

手が離れた時、女が一度だけ振り返り、つぶやいたことを。

その声は、ウロ、と聞こえた。

だが、女の声は、けたたましい猫の鳴き声に比べ、あまりにも弱かった。

やがて男の悲鳴が響いた時、女はもう振り返らなかった。ただ、規則正しく振る手の拳《こぶし》を強く握った。

走る。走る。女は廊下を走り抜ける。

両手を振って、膝《ひざ》をあげて、制服のスカートを翻《ひるがえ》して走り続ける。

背後で猫の塊がいよいよ速度を増した。仔猫たちの叫びが耳に刺さるほどに、獣臭さと甘い腐臭《ふしゅう》が鼻をつくほどに、猫の塊が女に近づく。

女の勢いが唐突《とうとつ》に落ちた。

扉を開けて教室に走りこむ。

獲物を追いつめたことを悟《さと》った猫たちが、一斉に口を開いた。

無数の首が、風に吹かれた花のように揺れる。上等な餌《えさ》にありつける予感に、ぎゃぁぎゃぁと歓喜《かんき》の声をあげる。

蝙蝠猫やムカデ猫が戸口をくぐり、後続の猫の塊は、引き戸をなぎ倒し押し入る。

女は、ゆっくりと振り返り、制服の襟《えり》に手をかけた。

するりとスカーフを抜き、ホックを片手で外す。胸のファスナーを一気に下ろすと、小ぶりの胸が覗《のぞ》いた。

片方ずつ袖《そで》をぬき、肌をさらしてゆく。露《あら》わになった首筋から肩にかけて、引きしまってはいるが、どこか柔らかな線。上気した肌を指がなぞり、肩ひもをずらしてゆく。

ただならぬ気配に、先頭の猫が立ち止まった。腐りかけていた猫は、たちまち後ろから来た塊に押しつぶされ、臓物《ぞうもつ》をはみ出させた。

女が、ゆっくりと顔をあげた。

教室が、一瞬、静まりかえる。猫たちの鳴き声が途絶《とだ》えたのだ。

―2―


月曜日、朝。

その同じ日の夕方に猫の化け物に襲われることを、久遠久《くどうひさし》はまだ知らない。

見ているこっちが恥かしくなるほど、一片の雲もなく晴れあがった空。

そこから遠慮なく落ちてくる日差しが、じりじりと通学路の坂道を焦《こ》がしていた。

久遠は、口に出してもしょうがないことを百も承知で、悪態《あくたい》をつく。

「あぢぃーぞ。このやろう……」

ぱたぱたと制服のシャツに風を入れる。その行為自体が暑苦しい。シャツはともかく、汗で脚に貼《は》りついたズボンが、どうしようもなく気持ち悪い。

そろそろ急がないと遅刻なのだが、久遠の歩みは遅々《ちち》として進まない。

二学期も始まり、九月も半分すぎたというのに、この暑さは、いったい何なんだ。蟬《せみ》の声まで聞こえてきやがる。

高校までの距離を想像して、うんざりしていた久遠の後方から、タ、タ、タ、タ、タ、タ、タ、タン、と八拍子を刻《きざ》む軽快な足音が近づいてきた。

――こんな足音を、朝っぱらから無神経に立てるのは、あいつしかいない。

久遠が振り返るより早く。

「Q《キュー》、おっはよ！」

背中を、ぽんと叩《たた》かれる。

「おう、駒子《こまこ》か、おはよ」

久遠は、意識して、声をかけられるまで気づかなかった振りをする。

頭ふたつ分低い背。額に汗の丸い粒を浮かべた顔。その後ろで結んだポニーテールが揺《ゆ》れている。

「んー？　元気ないぞ。どしたの？」

「……決まってるだろ。……暑《あち》いんだよ」

「暑い時は、走る！」

「あのなぁ……。止めないから先行ってくれぃ。おまえのトレーニングにつきあう気はないからな」

「急がないと遅刻するよ」

駒子のトレーニングとは、遅刻寸前の電車でやってきて校門を駆け抜けること。次の日曜に迫《せま》った秋の県大会に向けて、駒子の日常は万事《ばんじ》この調子だ。

携帯を開いて時刻を見る。時間は八時三十八分。学校の門が閉まるまであと二分。確かに、ぎりぎりではある。

「……俺、皆勤《かいきん》、狙《ねら》ってるわけじゃねーし。先、行きなって」

久遠に限らない。大半の生徒たちが、だらだらと歩いている。なにせ暑すぎるのだ。

「てかさ、おまえ、その恰好《かっこう》、なんだ？」

「え、これ？　ははは」

駒子が笑ってごまかす。

着ているのは紺色のセーラー服。長袖《そで》の冬服だ。衣替《ころもが》えの期間中だから冬服を着ちゃいかん、ということはない。が……駒子の制服は、見るも無惨《むざん》に汗びっしょり。

「おまえだって、暑いくせに」

「うん、だからね。こんだけ暑いと、走らないとやってらんない」

──あ、なるほど。

「走ると涼《すず》しいか？」

「風がね、気持ちいーよ」

風に顔を向ける駒子の顔は、一瞬、すがすがしげに見えて、久遠は思わずうなずいていた。

「じゃ、校門まで競走！　負けたらおごり一回ね」

そう言うが早いか、駒子がスタートを切った。

カバンを持ったまま思い切り手を振り、スカートを翻《ひるがえ》して膝が胸につくくらい高くあげる。ほれぼれするようなフォームで地を駆けると、長いポニーテールが宙を踊《おど》る。

「あ、こら陸上部、ハンデよこせ！」

久遠は、そう叫ぶや後を追った。


……だまされた。

久遠は、手足を投げ出し、ぐったりしていた。

走っている間は、風を浴びて涼しく感じなくもない。だが、止まれば当然、暑くなる。おまけに久遠の教室は日当たり良好の南向き、席はその窓際だ。

「へへっ」

駒子は、後ろの席で、汗をふきふき勝ち誇《ほこ》った笑みを浮かべている。

「んじゃ、ごち一回ね。満点寿司《ずし》とかどう？」

「ちょっと待てぃ。おごり一回と言ったら昼に決まってんだろ」

回転寿司だからといって侮《あなど》ってはいけない。駒子の食欲は、乙女《おとめ》のそれではない。

「Q！　男に二言《にごん》はなーい！」

「くううう……」

Qという呼称《こしょう》は、久《ひさし》の音読みから来ている。

ただし、ただしである。

久遠の身長は一八〇センチを越える。顔立ちも整《ととの》っているほうだ。何をやらせても、そつなくこなす。それでいて優等生ヅラしていない。そんな高校二年生男子としては申し分のないはずの久遠を〝Q〟と、まるでアニメのキャラのような間ぬけな名で呼び捨てにする人間は、世界にたった一人。

その女の名は、桂木《かつらぎ》駒子《こまこ》。

家が近い。幼稚園からのつきあいになる。いわゆる幼なじみというやつだ。

はっきり言って、久遠は駒子が苦手だ。決して嫌いなのではない。

子供の頃から、いつの間にか、この女のペースに巻きこまれ、たいていの場合、損《そん》をする。もうコリゴリだと毎度、思う。だが、駒子はそんなことを気にする様子もなく「ねぇねぇ、Q」と、気がつくと久遠のそばでニコニコ笑っている。

もう一度くりかえす。久遠はそんな駒子が嫌いなのではない。

それが証拠に、この不条理《ふじょうり》な関係がなぜか一〇年以上も続いている。ただその理由が久遠には、わからない。だから苦手なのだ。

「この暑い中、朝から駆《か》けっこですか？　青春してますなぁ、久遠ちゃん」

声をかけたのは、お調子者《ちょうしもの》の荒木《あらき》だ。

「……う、うるせぇ、ほっとけ」

久遠は、机に突《つ》っ伏《ぷ》す。

その時ガラリと戸が開き、久遠は口をつぐんだ。生徒たちが席に戻ってゆく。教壇《きょうだん》に初老の教師が立つ。

——あん？　起立《きりつ》、の声がかからないな。

「……ん、三ツ橋《みつはし》は休みなのか？」

教師の指摘に、副クラス委員が、慌《あわ》てて立ち上がり、起立、礼、着席と続ける。

——三ツ橋、休みか。

うだるような暑さのなか、内容《なかみ》のないホームルームを聞き流しながら、久遠は、ぼんやりとそう思う。珍しいこともあるもんだ。

あいつも、たしか皆勤のはずだ。いや皆勤だった、か。駒子とは逆に、朝一番に教室に来て、場合によっては掃除までしている。三ツ橋初美《はつみ》はそんなタイプだ。

「ねぇねぇ、Q」

長々しい連絡事項を半分目を閉じて聞いていると、後ろから駒子が突っついてきた。

「なんか聞こえない？」　　　　　　　　　（みゃぁううう）

「ん……？」

耳を澄《す》ませば、確かに廊下から聞こえる音がある。赤ん坊の泣き声に似た甲高い声。哀《あわ》れっぽく、いてもたってもいられなくなるような声だ。

「ネコ？　猫じゃゃねぇか？」

声は猫。それも仔猫の鳴き声に聞こえた。

一度、気づくと耳につく。（（みゃあううう））

「……つーわけだ。おまえら、暑いからって、ぼーっとしてんなよ」

教師のちょっとした一言に、クラス中からブーイングがあがる。やがてブーイングは、クーラー！　クーラー！の大合唱に変わった。

「荒木、おまえ、うるさい」

先頭で手拍子《てびょうし》を打っていた荒木が、苦笑する。

久遠たちのいる新校舎は、この夏休みに建ったばかりのエアコン完備。だが、旧校舎からの引っ越しを待つ他の学年の教室にはない。ゆえに二年だけが使うのはまかりならぬ、という理屈《りくつ》らしい。典型的《てんけいてき》な悪平等だ。

「ずりーよなー。一階の職員室はブンブンじゃん」と、懲《こ》りない荒木。

「おまえら若いだろ。宮本《みやもと》先生なんか、この熱気にクーラー抜きじゃ死んじまうぞ」

干物《ひもの》のような世界史教師を思い浮かべ、教室が爆笑に包まれる。

「んじゃ、そういうことだ」と担任が話を打ち切る。

副クラス委員が、号令をかけようとした時、前の戸が音もなくゆっくりと開く。

「あの……すみません。遅くなりました」

息を切らした少女が、おそるおそるといった感じで顔を出した。その瞬間。

（（みゃあううぅ））

「……ちょっと、今の」

駒子に言われて、久遠は、ああと、うなずく。

——今、確かに、猫の声がした。

これまでにないほど、はっきりとした仔猫の鳴き声が哀れっぽく尾をひいた。

「三ツ橋……どうした！　何があった⁉」

教師は緊張した声で、駆けよった。

三ツ橋の制服は泥《どろ》だらけ。膝には擦《す》り傷もある。さらに言えば、噂《うわさ》ではFカップ。男の、いや男でなくても、教師が最悪の事態を想定したのも無理からぬこと。

「え、あの……、はい、ごめんなさい」

三ツ橋は、おっとりと頭をさげた。

「あの……仔猫が……」　　　　（（みゃぁぁあぅ））

それだけで、なぁーんだ、という緩《ゆる》んだ空気が教室を包む。三ツ橋の度を越えた生物好きは知れわたっている。この程度なら、まだマシなくらいだ。

「来る途中、仔猫の声がして……あの……親猫からはぐれた仔猫かなって……それに声がしたのが車の下だったから……あの……危ないよって……」

「それで、猫を助けようとして、車の下に潜《もぐ》ったのか？」

三ツ橋はうなずく。

（（みゅううううう））

「……わかった。もういい。そうだな、まず、保健室に行って、あと、その服を体操着か何かに着替えてこい」

とろんとした目で生返事をすると、三ツ橋はそのまま教室に入ってくる。

「いや、だから、服を着替えてこい」

「え？　あ、はぁ……」

（（みゃぁうぅう））

「三ツ橋、大丈夫か？　あぁ、そうだ、保健委員。ついてってやれ」

女子に付き添われて、三ツ橋が出ていく。

そのあと、副クラス委員がすかさず号令をかけると、担任も出ていった。

「三ツ橋らしいよな」

久遠は、そう口に出してみて気づく。

――らしくもないか。

三ツ橋は、ふくよかな体つきや和《なご》み系の雰囲気《ふんいき》そのままに、物言いは柔らか……まあ、はっきり言ってしまえば、とろい。だが、頭の回転はクラスの誰《だれ》よりも速い。一期連続のクラス委員長は、だてじゃない。いくらなんでも、らしくない。

ふと見ると、駒子も妙に難しい顔で考えこんでいる。

「どうかしたか？」

「ん？　あ、なんでもないよ」

久遠は肩をすくめる。

どこか遠くで、もう一度、猫の鳴き声がした。

（（みゃぁぁう　　　　ぅぅぅ））


―3―


授業は三時間目。ホームルームでクーラーなしでは死んでしまうと断言《だんげん》された、宮本の世界史だ。

枯れ木のような老教師の語りを、久遠はじりじりと聞いている。

宮本名物の脱線《だっせん》話は、生徒たちの間で〝ほんまか武勇伝《ぶゆうでん》〟と呼ばれている。それは今日も絶好調だった。

ローマ時代の話から、若いころの貧乏旅行の思い出話にとんだ。フィレンツェの安宿への帰り、暗い夜道で地元の若者数名にからまれた。その一人がナイフを出して、さて……というところで、チャイムが鳴る。

「……あ、もう、こんな時間ですか。どうしましょうかね」

続けて～、と声を張り上げたのは女子生徒たち。

久遠たち男子生徒は渋っ面だ。宮本の話は面白いが、次の授業が大問題なのだ。

男子の四時間目は〝きゃぱしてぃ小野《おの》〟こと小野の剣道。どんな理由であれ、授業に遅れる者がでると連帯責任《れんたいせきにん》でお説教《せっきょう》。これが、きゃぱしてぃ小野の必殺技だ。

委員長の三ツ橋に、皆の視線が集まる。

続けさせてよ、という女子たちと、さっさと号令をかけてくれ、という男子生徒。

三ツ橋本人は、そんなプレッシャーを気にする風もなく、ぼーっとしている。

「ま、今日はこのへんに、しときましょうか」

宮本がそう言って、男子生徒たちは胸をなでおろした。

三ツ橋が号令をかけ終わると同時に、久遠たち男子は教室を飛びだしてゆく。

――あれ？

ふと、久遠は違和感を覚えた。いつもなら、ここで駒子と競走になる。

女子の体育は、駒子が愛する陸上だ。授業が終わるやいなや、どの男子より早く疾風《しっぷう》のごとく階段を駆けおりる、その勇姿《ゆうし》はもはや定番のはずだったのだが……。

なんか変だな。久遠の頭の片隅に、そんな疑問が残った。


「ひでーめにあったな」

「まぁな」

男子更衣室で着替えながら、久遠は荒木に応《こた》えた。

結局、小野の剣道には間に合わなかった。

久遠たちは、板の間で正座《せいざ》の上、二〇分間の説教を頂戴《ちょうだい》した。小野の説教がつらいのは、板の間での正座もさることながら、説教の間、真面目《まじめ》な顔を保ち続けること。

〝きゃぱしてぃ小野〟の異名は、ある時の説教による。

遅刻することは態度の乱れであり、要領《ようりょう》の悪さである、と、諄々《じゅんじゅん》と説いた後、小野は、こう切り出した。

「要領って英語でなんていうか知ってるか？　きゃぱしてぃだぞ。ゆーたち、ほんっとに、きゃぱしてぃが悪い」

なお、キャパシティは要領でなく容量《ようりょう》。さらにＹｏｕは複数形も同じだ。

うっかり笑うと説教が容赦《ようしゃ》なく延びるため、この責《せ》め苦《く》のつらさは想像を絶《ぜっ》する。下手《へた》すると五〇分の授業が、まるまる我慢《がまん》大会になることさえある。

「ありゃ、剣道というより、耐久正座訓練だな」

久遠はうなずく。剣道はともかく、正座だけは上手《うま》くなった気がしないでもない。

「だいたい、あの顔がいけねぇよな。あの顔見るだけで……」

「しっ」

久遠が鋭《するど》くさえぎった。

「猫が鳴いてないか？」

（みゃうぅぅぅ）

「……あぁ？　ホントだ」

（みゃぁうぅ）

どこからか、仔猫の声が聞こえてくる。声はかすかで、近くにも遠くにも思える。

「誰かがロッカーで猫、飼ってんじゃねぇの？」

「でなきゃ間違って入って、閉じこめられたか」

久遠は、そう言って、自分の想像に顔をしかめる。

「気にしないほうがいいぞ」

横から小林《こばやし》が、樽《たる》のような太い顔をだした。

「きのうも三組の田中《たなか》が、ロッカールームに猫がいるって言いだしてな。みんなで手分けして、一個ずつ耳つけて探したけど、いなかったってさ。猫なんていねぇんだよ」

「でも聞こえるもんなぁ」

荒木が気持ち悪そうに言った。

「だから気にするなって」

小林の声にも怯《おび》えがあった。

「ほら、もう聞こえないだろ？」

荒木がうなずき、久遠は黙った。

確かに鳴き声は消えたが、久遠の耳には別の音が聞こえていた。

かり、こり。かり、こり。かり、こり。かり、こり。

かすかな音は、何かが鉄の壁でも引っ掻《か》いているようだった。


—4—


「……また、説教、聞かされちまった」

「なになに、きゃぱしてぃ小野の新作？」

久遠が教室の席に着くと、駒子が寄ってきた。

女子はいいよな……、駒子を見上げて久遠は、また違和感を覚える。

——なんだろう？

弁当を食いながら、久遠は、駒子の顔をまじまじと見た。

「なによ？　まさか、惚《ほ》れちゃった？　やっと自分の気持ちに気づいたとか？」

「んな汗くさい顔に、誰が」

「言ったな、この。借金持ち」

駒子が軽く拳を固めただけで、久遠はのけぞった。我ながら情けないとは思う。

「おまえに、借りなんてないだろうが……」

「おごり一回、貸しでしょうが！」

「満点寿司ね……」

「わかればよろしい」

どうだ、とばかりに得意げな駒子の顔を見て、久遠は、はたと気づく。

体育のあとだというのに、駒子は汗くさくない。というか、顔色が落ち着いていて、微塵《みじん》の火照《ほて》りもない。とても運動してきた直後のようには見えなかった。

——まさかこいつ、体育、休んだのか？　どっか悪いのか？

だとしたら、朝から全力疾走《しっそう》はしないだろう。今も、別に辛《つら》そうな様子はないし。

「で、借金の返済日は、いつが、よございますかね？」

「明日はどう？　今日は部活があるから、たぶん……遅くなるし」

駒子は陸上部。久遠は帰宅部。いちおうバリバリの難関校受験コースだ。

「ご予約承《うけたまわ》りました。あ、けど、お手柔らかにな」

その時——。

廊下のほうから女の黄色い悲鳴があがった。

声を聞くが早いか、駒子がいきなり駆けだした。久遠もとりあえず後を追う。

女子便所の前に、すごい人だかりが、していた。

「どうしたんだ？」

野次馬《やじうま》の先頭に立つ荒木に、久遠が訊《き》く。

「よくわからんけど……里見《さとみ》たちが、女子トイレに三ツ橋を引っ張ったんだってよ」

荒木は、たちの悪い女子生徒の名前をあげた。

「……ヤキ？」

「いやそれがな」

「はいはい、ちょっと道を開けて」

駒子が三ツ橋の手を引いて、人混みの中から現れた。（（みゃぁぁううう））

三ツ橋は……きょとんとした顔をしている。

泣き声は、人混みの奥から聞こえる。ちらっと覗《のぞ》くと……泣いているのは里見たちだ。顔をくしゃくしゃにして、泣き喚《わめ》いている。

――何が、どうなってる？　（（みゃぁぁううう））

「私にもさっぱり」

席に戻った駒子の返事はそれだった。

「なんかさ、猫の祟《たた》りがどうとかって話らしいよ。ばっかみたい。それで三ツ橋ちゃんが、その原因ってことになったらしいんだけど……」

久遠が気づいたのは今朝のことだが、女子のほうではもっと早く、数日前から〝見えない猫の祟り〟が噂になっていた。そこに三ツ橋が、猫を探してきた、とか間ぬけなことを言いだしたものだから、鬱憤《うっぷん》ばらしの生贄《いけにえ》にされかけた。そういうことらしい。

「待てよ……それ、話のつじつまが、おかしいだろ」

「だから、私もわからないんだってば」

駒子も、てっきり三ツ橋がピンチなのだと思い、駆けだしたらしい。だが、泣きながら女子トイレから出てきたのは、里見たちのほうだったそうだ。

ちなみに、弱い者を助けに走るのは、子供の頃から変わらない駒子の習性だ。久遠もこれに付き合い、何度となく痛い目に遭《あ》っている。この女、五つも年上のガキ大将にさえ平気で突っこんだことがある。そしてなぜか山ほどコブを作るのは、いつも久遠の役回りだった……。

「で、当の三ツ橋はなんて？」

「よくわからないって。猫の声がしたら、みんなが急に泣き出したんだって」

結局、里見たちは保健室にいき、そのままふけたらしい。まぁ、それ自体は珍しいことではないが……。

―5―

放課後。

久遠は、校門に続く並木道から、夏休みに完成したばかりの新校舎を眺《なが》めた。真っ白で機能的な新校舎は、隣《となり》に並ぶ黒ずんだコンクリートの旧校舎と対照的だ。

おまけにこの旧校舎。過去数回のお色直《いろなお》しがいい加減《かげん》だったらしく、下地《したじ》の汚《よご》れがまだらに浮き出ている。さながら厚化粧《あつげしょう》で二〇も歳《とし》をごまかそうとしているババアに昼の日中に出くわしたような迫力だ。

――化け猫ねぇ……。怪談《かいだん》なら、旧校舎のほうが、だんぜん似合うよなぁ。

そんなことを考えながら校門へ歩いてゆく。

「久遠！」

校庭から鋭い声がかかる。声の主は小柄な体育教師。確か、陸上部の顧問《こもん》、斎藤《さいとう》だ。

「きみ、桂木と同じクラスだったよな」

「そうっすけど」

「桂木、なんかあったのか？」

そう言われて、久遠はグランドを見渡す。ハードルは並んでいた。だが、そこにはハードルを〝ぴょんぴょん跳んでいる〟わかっていない連中しかいない。

ハードルは跳んだら負け。またぐ。それが無理なら蹴倒《けたお》してでも、根性《こんじょう》で走り抜けるのよ。いつだったたか、そんなことを言っていた駒子の姿はグランドにない。

あいつ、次の日曜、県大会に出るとか言って、張り切ってたはずなのに。いったい、どこに行ったんだ？

「いや、あの練習の虫が、県大会を前に急に休部するって言い出したもんだからな。桂木って、あと一〇センチ背があれば、全国、狙えるんだよなぁ。わかるか？」

「え？　あ、はぁ。いやぁ……僕には、ちょっと」

久遠は、なんとかポーカーフェイスを保った。

駒子が？　あの走るのと跳ぶのが生き甲斐《がい》の駒子が休部？

だいたい、今日、部活あるとか言ってなかったか？

「とにかく無理するなって伝えといてくれ」

「あ、はい」

斎藤は、まだ訊きたそうだったが、久遠は適当に挨拶《あいさつ》し、話を切り上げた。

猛烈《もうれつ》に胸騒《むなさわ》ぎがした。駒子に何かが起きている。

――あ、俺、また余計なことに首を突っこみかけてる。勘弁《かんべん》してくれよ、駒子。

今日は、予備校で月に一度のクラス分けテストがあるんだよなぁ……。

ああ、もぉ、しょうがねぇなぁ。くそったれ！

久遠は、悪い予感を振り払いながら、回れ右をし、そのまま全速力で駆けだした。

「おい、誰か、桂木見なかったか？」

教室に戻ると、掃除の最中だった。手近の女子を捕《つか》まえて訊いてみる。

「もう帰ったんじゃないの？　今日、体育も見学してたし」

――やっぱり休んでたのか。

「あぁ、桂木さんなら、さっき階段、昇ってったけど？」

「サンキュ」

久遠は、身を翻《ひるがえ》して走りだす。

走る久遠の脳裏《のうり》に浮かんだのは、朝の駒子の顔だ。

額《ひたい》は汗だらけ。頰《ほお》は真っ赤。歯を食いしばった様は、親の仇《かたき》を見つけたよう。

だが、それでも、その顔は。

――本当に楽しそうだった。

引っかかってるのは、あの顔だ。

体育の見学は、まだわかる。風邪《かぜ》かなんかひいてて、本当は運動しちゃいけないのに、朝はノリで全力疾走した。それくらいは軽くやるバカだ。

だけど、休部というのは絶対おかしい。休部というからには、しばらく休むのだろう。あいつから走ると跳ぶを取ったら、いったい何が残る。

一階には、職員室、保健室。あとは理科室や視聴覚室といった特殊教室。

二階は、久遠たち二年の教室。それに、家庭科室と畳《たたみ》敷きの礼法室《れいほうしつ》。

三階も、ほとんど教室だが、旧校舎からの引っ越しの都合《つごう》で、今はまだ音楽室以外は使用されていない。

各階には、廊下の東と西に階段がある。

久遠は、下駄箱の目の前にある東階段を昇って三階に向かった。

——まいったな。なんなんだよ、こりゃ。

（(みゃううみゃうう)）　（(みゃうう)）　（(みゃうう)）

（(みゃううみゃうう)）　（(みゃうう)（みゃうう)（みゃううみゃうう)）

（みゃうう）（(みゃううみゃうう)）　（(みゃううみゃうう)）

（(みゃうう)（みゃううみゃううみゃうう)）　（((みゃううみゃうう)））

無人の三階は、猫の鳴き声で満ちていた。

——猫の集会場が近くにあって、風の具合《ぐあい》で聞こえてくる、とか……？

久遠は、自分をなんとか納得させようとしたが、無理だった。声は、ほとんど耳元で聞こえていたからだ。

廊下のはるか向こうに、揺れるポニーテールが見えた。なにより、後ろ姿の制服は、紺色。冬服だ。

「おい、駒子！」

久遠は、廊下を走った。駒子は振り向かない。

「駒子！」

追いついた久遠は、言葉に詰まる。

様子がおかしい。駒子は、久遠がいないかのように無視して背を向けて歩き続けた。

振り向いて、あの能天気な顔さえ見れば、なんと言えばいいのかわかるはずだ。

「駒子！　何してんだよ、おい？」

思いあまって久遠は駒子の肩に手をかけた。駒子が、ゆっくりと振りかえる。

ふと久遠は、夏休みにテレビで観《み》た昔の映画を思い出した。ホラー物、というか時代劇仕立ての怪談。ちょうどこんな風に振り向く女の顔が、化け猫のものになる……。

外は茜色《あかねいろ》の夕焼け。廊下の窓越しにオレンジの光が差しこんでいる。

そこに浮かび上がった顔は……。とりあえず人のものだった。目鼻の造作《ぞうさ》は、駒子のものだ。けれど。

——駒子じゃない。

大口開けて笑うことはあっても、冷たく口が一文字に結《むす》ばれることはない。まっすぐ人を見るやつだ。値踏《ねぶ》みするような目で、じっと見つめたりはしない。

しかめられた眉《まゆ》も、引いた顎《あご》も、すべて駒子のそれとどこか違《ちが》う。

なんと言ったらいいのか、無言の駒子が浮かべた表情は、もっとしたたかな大人の女のそれだ。

それでも久遠は何か言おうと口を開いた。だが言葉にならない。

その時、首筋に柔らかいものが触れた。背筋に電流が走る。

——指？　駒子の指だ。

駒子は、久遠の首に回した手を、ゆっくりと、だが有無《うむ》を言わせぬ力で引きつける。

久遠の顔が駒子に近づく。駒子の吐息《といき》がかかる。

駒子の瞳《ひとみ》は、相変わらず久遠をじっと見つめている。

「今日のこと、忘れるがいい」

濡《ぬ》れたような声で、そうつぶやいた駒子の唇《くちびる》が、久遠に重なった。

舌が入ってきた。駒子の舌は、まるで別の生き物のように、久遠の口の中を艶《なまめ》かしく動く。


久遠の舌が痺《しび》れるように強く吸われる。

途端《とたん》に苦痛に似た快感が口から喉《のど》におりる。

心臓が倍の早さで脈うった。

息がつまり、目の前が暗くなる。

小石が深い池に落ちるように、

久遠の意識は、すとんと消えた。

—6—


久遠の体がぐにゃりと曲がった。駒子の胸に顔を埋《うず》め、ずるずると倒《たお》れてゆく。

「ちょっとぉ、Qに何したのよ！」

駒子が大声を上げた。

「口封じと腹ごしらえだ。正体をばらすのは、まずいのだろ？」

駒子の口を借りて、もう一つの声が応えた。

「……そうは言ったけど、だからって！　あぁもぉぉ！」

駒子は、顔を真っ赤にして地団駄《じだんだ》を踏んだ。

一つの口で二人が交《か》わす、一人芝居のような奇妙な会話が続く。

「この男、囮《おとり》にも使える」

「馬鹿なこと言わないでよ！　運ぶからね」

駒子は、久遠の脇に手をいれると、よいしょと持ち上げた。

「男一人、抱《かか》えては走れぬだろう？」

「しょうがないでしょ。あんたが気絶《きぜつ》させたんだから」

「足手まといを捨てぬと、やつらに捕まるぞ？」

にゃおう。にゃうぅ。ぐるるるるる。

夕暮れの薄闇のなかに、猫たちの声が木霊《こだま》した。

「だからって！　置いてけるわけないでしょうが」

駒子は久遠を引きずって、よたよたと歩き始めた。

「来るぞ！」

その声に駒子は応えなかった。叫びだしたくなるのを必死で堪《こら》えていたからだ。


ぷんと、腐《くさ》った肉の臭いが鼻をつく。

皮の貼りついた猫の髑髏《どくろ》が、カタカタと哂《わら》っている。頰のところで引っついた二つの猫の首が、ぎゃぁぎゃぁと合唱する。仔猫の首が爆発し、血と漿液《しょうえき》をあたりにばらまく。

そしてそれらは、次第に集まり巨大な球の形をなしていく。

押しつぶされるような猫の悲鳴。その声とともに、猫玉はゆっくりと転がり始めた。

「さっさとしろ。追いつかれるぞ」

「Q、Q、Q！　起きてよ、Q！」

駒子は久遠の頰を張った。容赦《ようしゃ》のない力だ。

四回目にして、久遠が目を覚ます。

「駒子？　おまえ！」

「はい、あっちあっち」

駒子は、久遠の首を、きゅっとねじって後ろを向かせた。久遠の顔色が急変する。

「走って逃げるわよ！　いい？」

久遠の首が、ぶんぶんと上下する。

「ほら、さっさと走る。イチ、ニ、イチ、ニ！」

そう言って駒子は久遠の手を取って走りだした。もつれた足どりで久遠が後に従《したが》う。


駒子の走りは堅実で、一方、久遠は最初から息があがっていた。

手を引かれながら久遠は唇を噛んだ。猫たちの声があたりを満たす。

踵《かかと》に痛みを感じて、久遠は足下《あしもと》を見る。

毛を逆立てた首だけの白猫が、真っ赤な目で踵に食いついていた。

振り払おうと必死に足を振る。白猫が床にはさまれ、ぶつりと潰《つぶ》れた。

なんともいえない感触が背筋を寒くする。

「こらっ！　男でしょ！」

前で駒子が怒鳴《どな》った。息が苦しく、久遠には言い返す余裕もない。

次に聞こえてきたのも、まぎれもない駒子の声。

しかし、声の質は、もっと冷たい。別人のものだ。

「さもあらん。さっき、そやつの精気《せいき》、だいぶ頂戴したからな」

「え〜、そうなの？　まいったなぁ……。なんか、Qを助ける手はないの？」

眉をしかめた駒子が二人……いや一人二役の声が、小声でなにやら相談している。

予告もなく駒子の手が離れた。足がもつれ、たちまち駒子が遠くなる。久遠は助けを求めようとしたが、胸の痛みで声が出ない。

――あ〜ぁ、また駒子に貧乏くじを引かされた。

あのまま校門を出て、いつもどおり予備校に直行してれば、こんな目に遭わずにすんだのに。俺って、つくづくバカだよなぁ……。くそっ、やべえぞ、ちきしょう！

獣の生温かい息が久遠の首筋にかかる。

最後の力で足を踏みだそうとした時、足下が急に沈んだ。

――穴？　廊下に？　人が死ぬ時って、こんな幻《まぼろし》を見るのかよ……。

床に浮かんだ黒々とした穴。

次の瞬間、久遠はそれが何かを悟《さと》った。

穴じゃない。口だ。歯だ。喉だ。とんでもなく大きな顎だ。

文字通り、廊下に口を開けた穴は、次の瞬間、ばっくりと久遠を呑《の》みこんだ。

猫たちとも違う、生臭さに久遠は気が遠くなった。

廊下から、ずるりと出た大きな頭。青い鱗《うろこ》を滑《ぬ》め光らせたそれは、巨大な蛇《へび》だ。

蛇の頭が翻り、硬い床を水のように通り抜ける。〝水面〟には、蛇の胴《どう》。ぼってりと膨《ふく》らんだ腹が見える。最後に尻尾のあるはずの場所に、もう一つの頭が一瞬見えた。

蛇が消えた床を、異形の猫たちが走り去った。

駒子と猫の群れが教室に入るのを待っていたかのように、蛇がゆっくりりと再浮上した。

卵を呑みこんだような腹のふくらみが、ごくりごくりと喉に移る。

やがて、口から人ひとり、吐き出した。

のっそりと床に蛇が消えてから、久遠の腕がぴくりと動いた。


―7―


久遠が目を覚まして最初に気づいたのは、髪と顔に、べっとりとついた粘液《ねんえき》だ。手で拭《ぬぐ》おうとしたが、その手も同じだった。制服の上から下までが、ぬらぬらとしたもので覆《おお》われている。

——なんだったんだ、あれは。

久遠の膝が砕け、ぺたんと床に手をついた。

その床も、強烈な臭気の、どろりとした吐瀉物《としゃぶつ》で汚れている。久遠は起きあがり、壁で手を拭う。

その嘔吐《へど》のようなものは、廊下の端から、目の前の教室の入り口まで一直線に続いていた。

——あの猫……猫の塊が通った跡《あと》か。

そこまで考えて、久遠は、ようやく思い出した。

「駒子！」

あたりを見回しても駒子の姿はない。

代わりに目の前の教室から、たくさんの猫たちの声。机や椅子《いす》が飛び散り、崩れ去る
大音響が続く。

この場から早く離れなければ。生物としての本能がそう訴《うった》えている。

だがその時、久遠の頭の中に子供の頃から百万回は聞いた駒子の口癖《くちぐせ》がよみがえった。

「男でしょ！」

「男なんだから！」

「男のくせに！」

——くそくそくそ。わかったよ。わかりましたよ。

あきらめに似た決意を胸に、久遠は、かろうじて踏みとどまった。

駒子は十中八九《じっちゅうはっく》、この教室の中にいる。だが、久遠にはすぐに飛びこむ勇気はない。

猫たちが入った跡の残る扉を避《さ》け、教室の後ろ側へ回る。なるべく音を立てぬよう慎

重に戸を引いて、おそるおそる中を覗く。

教室の中で見ると、猫の塊は、いっそう大きく見えた。

駒子は、教室の中央で机の上に立ち、堂々と猫と対峙《たいじ》していた。

久遠の側から見えるのは、すっくと真っすぐに伸びた、その背中だ。

両手が胸元で組み合わさったかと思うと、するり、と、セーラーのスカーフが落ちる。

ファスナーが外される気配がして、服の袖が抜かれる。

現れた背中を見て、久遠は息を飲んだ。

背全体から腰に至るまで、精緻《せいち》な青黒い刺青《いれずみ》が浮かんでいる。紅《あか》く上気《じょうき》した肌にへばりついた、それは巨大《ほど》な女郎蜘蛛《じょろうぐも》だ。

白い指先が髪を解くと、ポニーテールがふわりと広がり背中を覆う。

「来い、阿修羅《あすら》」

声と同時に髪の下でなにかが蠢《うごめ》きはじめた。

久遠は瞬《まばた》きする。が、目の錯覚《さっかく》ではない。

もぞもぞと動いているのは刺青の蜘蛛《くも》。その長い脚だ。

毒々しい縞《しま》模様に彩《いろど》られた蜘蛛の脚は、駒子の背中を這《は》いまわる。

やがて、その二対が、ずるりと肌から持ちあがった。

そしてその一本一本が、一気に駒子の身の丈《たけ》ほどに伸びる。

猫の塊が弾《はじ》けるように震えた。つぶてのようなものが駒子めがけて無数に飛ぶ。

駒子は動かない。動いたのは四本の蜘蛛の脚のみ。

次々に飛来《ひらい》するつぶてを、事もなげに串刺《くしざ》しにしていく。

甲高い悲鳴が響きわたる。なんと、つぶての正体は色とりどりの仔猫の頭だ。

うわ、と久遠の口から思わず声がもれた。

その声に気づき、駒子が、久遠を振りむく。

露《あら》わな胸を、裸身《らしん》を隠そうともせず、あの時と同じ冷たい瞳が久遠を見すえている。

「お、おまえ……誰だ!?」

二対の蜘蛛の脚が、わきわきと動いて、猫の頭を振り捨てた。

教室の壁に、元猫の頭であったものが爆《は》ぜて染みをつける。

駒子の無表情な顔が、言葉をつむいだ。

「儂《わし》か？　儂は、ヌエコ」

血に塗《まみ》れ、生温かな獣の臭《にお》いがこもる部屋のなか、凛《りん》とした女の声が響く。

「鬼切りの夜鳥子《ヌエコ》だ」

—8—


みちみちと音を立てて、猫玉が変形した。それは天井につくほど伸び上がった刹那《せつな》、雪崩《なだれ》のように駒子の……夜鳥子の元へ殺到《さっとう》した。

重量を無視したように、机が軽々とふっとび、教室中を跳ね回る。

その中を久遠は、必死で逃げる。

騒ぎが収まり、久遠は、こわごわ顔を上げた。

教室の真ん中で向かい合う巨大な猫玉、そして夜鳥子。

夜鳥子の蜘蛛の四本の脚は、がっしりと猫玉を押さえこんでいる。

「潮丸《うしおまる》！」

夜鳥子の声と同時に、余っていた人間の右腕がぞわりと膨らんだ。

二の腕の表面からパチンコ玉くらいの大きさの黒い粒が次々に湧《わ》き出している。その一粒一粒がもの凄《すご》い速さで腕の先に向かって動いていく。そしてびっしりと肘《ひじ》から先を被《おお》い、ある形を成した。

それは、先端が尖った、いびつで、巨大な蟹《かに》の鋏《はさみ》。

そのハサミが、無造作《むぞうさ》に猫玉に突き入れられた。

じょぎり、と、肉をちぎる音がする。胸の悪くなるような悲鳴が連なる。

切り裂かれた猫玉は汚泥となって夜鳥子の足下に滴《したた》る。

じょぎり、じょぎり、じょぎり。

何度も何度もその音は響いた。夜鳥子は、まるでベテランの植木職人のように、迷いのないリズムで、猫玉から肉片を切り落としていく。

やがて、猫玉の中から姿を現したのは。

——人？

べったりと血肉にまみれ、顔の造作も定《さだ》かではない。だが、猫玉の芯《しん》にあるのは人の形に見えた。よく見れば、肌に貼り付いたあの服は、女子の体操着だ。

いったい誰だ？　なんであんなところに？　喰われたのか？

久遠は、おそるおそる夜鳥子の後ろに近づいた。

「下がっていろ」

間髪《かんはつ》をいれない夜鳥子の下知《げち》。後ろに目があるように。いや……あった！

髪の間から、じろりと四対の眼がのぞく。瞳が久遠を追っている。

「なに……」

久遠の口から、かすれた声が出た。大きく息を吸ってもう一度、声を出す。

「何するつもりだっ」

猫玉の中から現れた少女の目の前で、夜鳥子が巨大なハサミを鳴らす。

——あいつ、今度はあの女の子を切り刻《きざ》むつもりじゃないだろうな。

「おい、やめろ！」

「と、こ、や、な、む……い、よ、み、ふ、ひ……」

教室を白い光が走りぬけ、久遠は目を細めた。光は黒板から発せられている。黒板の上下一杯に描かれた円の模様が、脈打つように白銀の光を放《はな》っている。

白一色の光景の中で、逆光を浴《あ》びた夜鳥子と猫玉の姿は影絵のようだ。

猫玉が啼《な》いている。玉の猫たちが、きぃきぃと血の泡を吹きながら、我先に抜け出そうとしている。

解けゆく猫玉の中で、女生徒が急に顔を上げた。

——三ツ橋!?

三ツ橋の胃のあたりが、こんもりと盛り上がる。

膨らみは、やがて胸から喉へ移り、思わぬ素早さで口から飛び出した。

ジャキン、と、ハサミが鳴った。空振りだ。

くたくたと崩れ落ちる女生徒をよそに、飛びだしたモノは、久遠のほうへ跳躍《ちょうやく》する。

「そいつを逃がすな！」

鋭い声に叱咤《しった》され、久遠は思わず走る。

転がった机の間をすりぬけて、何かが高速で走る。それは、大きな毛玉のようだ。

机の下を抜けると、毛玉は教室の後ろの扉に体当たりした。

木をたたく硬い音がして、毛玉は跳ね返される。

ぶすぶすと煙をあげ、床に転がった毛玉は、なにを思ったか久遠に向かって跳んだ。

……こいつも猫なのか。

そう気づいた時には、すでに顔に飛びつかれていた。鋭い爪が頬に食いこむ。猫の肌は、ぬれた雑巾《ぞうきん》のような感触だ。

尻尾が喉をしめつけ、思わず口が開く。その口に猫が頭を潜りこませる。嫌な味が拡《ひろ》がり、久遠は思いきりむせた。

「動くなよ」

久遠の耳元に冷たい声が忍びこんできた。

視界が暗くなる。巨大なハサミが、眼前につきつけられたのだ。

近くでよくよく見れば、ハサミの全体が、もぞもぞと蠢いている。

駒子の右腕には、びっしりと、小さな蟹がたかっている。それらが集まり合わさって、一つの巨大なハサミを成していたのだ。

久遠は声すらあげられずに、ただ立ちつくしている。

ハサミが一度視界から消えると、じょぎり。音がした。

目の前で、ハサミが閉まり、猫が二つに分かれて落ちた。

久遠は、喉を押さえて、猫を……猫の首を吐き出した。床に落ちたそれは、シュウシュウと音を立てて、見る間に緑色の泥と化す。その上から、久遠は思いきり嘔吐《おうと》した。

「まったく。面倒をかける」

やっと吐き終えた久遠は、口を拭った。夜鳥子のほうを見て……そして、駒子のものであるはずの白い裸身から目をそらした。

「おまえ、何者だ？」

「わけあって駒子の身体《からだ》を借りている」

「駒子は、駒子をどうした！」

目の前の少女は、さも億劫《おっくう》そうな声でつぶやく。

「本人に訊け。儂は寝る」

すぅっと、まぶたが閉じ、ふいに開いた。

なめらかだった肩がわずかに持ち上がり、心もち顎がひかれる。わずかに両足の幅が広がると、そこには見慣れた駒子が立っていた。

駒子が久遠を見て、大きく目を見開き、顔を真っ赤にする。

胸を覆った手が拳を固める。そうして見ると見事なファイティングポーズだ。

久遠がよけるより早く、強烈《きょうれつ》な右ストレートがボディに決まった。

「バカぁ！　もぉ、信じらんない」

「……不可抗力《ふかこうりょく》だろ、これは」

久遠は、背を向けたまま駒子にぼやいた。

なんで、わざわざ探しに来て、化け物に襲《おそ》われた上に殴《なぐ》られねばならん。正義は我にあり、と思うものの、強く出られる久遠ではない。

「とにかく、こっち向いたら、ぶっ殺すからね」

久遠は溜息《ためいき》をつく。さやさやと衣擦《きぬず》れの音がする。下着を拾い、セーラー服にふわりと袖を通す。髪留めの、ぱちんという音がして、も～いいよ、という声がした。

「話くらい、俺にも聞く権利はあるよな？」

「ん？　そんなの、あとあと。早く窓、開けてよ」

「あ？　あぁ……」

鼻がバカになって忘れかけていたが、部屋にこもった臭気は凄《すさ》まじかった。

「これ、どうすんだ？」

久遠は、無数の猫の死体……肉塊《にくかい》を指さす。シュウシュウと、身体に悪そうな色の煙《けむり》をあげている。

「あぁ、これくらいなら専門の掃除屋さんを呼ぶまでもないって。外気に当てればすぐに消えるってさ」

駒子を手伝って窓を開けながら、久遠は訊いてみる。

「掃除屋って？」

「Qは、もう会ったんでしょ？　ほら、こういうの」

駒子がスカートの裾《すそ》を、ちらりとまくって見せた。両の太ももの筋肉の上に双頭《そうとう》の蛇が張りついている。

「え、あ、ああ、それ、あれ、おまえが……」

しどろもどろになりながらも、久遠は、やっと気づく。猫の化け物に襲われる寸前、まがりなりにも自分を救ってくれたのは、駒子……駒子の太ももだったと。

みるみるうちに肉塊は泡を吹きながら煙と化し、窓から出ていった。二人で机を並べ直す。壊れた机はどうしようもないが、とりあえず教室は、元の平静を取り戻した。

「それじゃ、三ツ橋ちゃんを保健室まで送ってくるね」

「俺がやるよ」

あれほど粘液に濡れていた三ツ橋の体操着は、いまや、ほとんど乾いていた。多少ごわごわしているが、まあ、言い訳が通る範囲だ。

「なーに、しげしげと見てるわけ？」

「見てないって。だいたい、おまえじゃ背が足りねえだろ」

「どーだかね？」

結局、二人で、三ツ橋の肩を担《かつ》ぐことになった。

脇の下に手を入れて、よいしょと持ち上げる。肩を組んだ手が、駒子の手に触れる。

「あ、そうか」

ふと思いついて、久遠がつぶやく。

「なによ？」

「その刺青か、体育や部活を休んだのは」

「なんだ、知ってたの？　うん、まあ。でも、これ、今週中になんとかしないと」

「あぁ、日曜だっけ、県大会」

体操服に着替えるのを避《さ》けたり、袖の長い冬服を着ているのは、肌を隠すためか。

……よかった。

いや、ぜんぜん、よくはないな。駒子は、県大会を目標に、夏休み中、女を捨てたと言わんばかりに、一日も欠かさず朝から晩まで必死に練習していた。突然それが訳のわからない刺青のせいで水の泡になろうとしている。堪《たま》ったものじゃないだろう。

だが、駒子は、あきらめていない。それがわかって、なぜか久遠は、ほっとした。

保健室は一階だ。階段を降りるのは大変だったが、一人で運んだらもっと苦労したに違いない。

ようやく保健室が見えてきたあたりで、駒子の声がした。

「ありがと、Q。助かった。持つべきものは友だちだね」

「お、おぅ……」

「おごり一回分、チャラにしてあげる」

——おい、こんだけ死ぬような目に遭って、たった一回分かよ。

久遠は、その言葉をかみ殺した。

ま、駒子に関わりあえば、いつもこんな感じだ。今に始まったことじゃない。

第二章　さばえの主《しゅ》——火曜日

舞【まい】
左腕に宿る毒蛾の式神。召喚時は左手より小さな蛾を放ち、さまざまな毒を周囲に散布する。

—1—


火曜日。少女は走っていた。

地獄《じごく》の闇《やみ》より黒い床を。

ポニーテールを背で跳《は》ねあげ、汗の滴《しずく》を飛ばしながら、両の手を振って。命懸《いのちが》けで。


さわさわ、と音がした。

夕刻の廊下《ろうか》は、バケツ数杯分の墨汁《ぼくじゅう》をぶちまけたように、床も壁も天井も、一様に黒く染まり、かすかな光沢《こうたく》すら放《はな》っている。

窓が。窓だけが、夕陽《ゆうひ》を映《うつ》して紅《あか》く輝《かがや》いている。その窓枠《まどわく》から、ぽろぽろとこぼれ落ちる黒い粒《つぶ》。

虫だ。

黒光りする羽根を生やし、二本の触角《しょっかく》を振りながら、拳《こぶし》ほどもある甲虫《こうちゅう》が、ガラス窓ですべって、落下する。落下した先の床にも虫が。窓枠に続く壁にも虫が。そして天井にも虫が。無数の虫が、一斉に廊下を走っている。走るだけではない。滑《すべ》り、跳ね回り、滑空《かっくう》し、のし歩いている。

そこだけが夜のような廊下の中央には、ひときわ大きな獣の形が宙を駆《か》けていた。どす黒い頭。虹《にじ》の輝きを背に宿《やど》し、手足だけが、やけに白い。

「虫嫌い、虫嫌い、虫嫌い！」

黒く染まった廊下のわずか先で、駒子《こまこ》がうわごとのように叫《さけ》び続ける。大股《おおまた》で八歩、宙を飛ぶように走る。

右手を大きく振りながら、左手は携帯を握《にぎ》って耳にあてていた。

「落ちつけ。3－1まで、もうちょっとだろ」

携帯から聞こえた久遠《くどう》の声に、駒子は怒鳴《どな》り声で応じる。

「これが落ち着いてられっかー！」

開けた口に羽虫《はむし》が飛びこむ。血相《けっそう》を変えて唾《つば》を吐《は》く。

駒子の目は、教室の標識《ひょうしき》を追っている。

「3－1、3－1、3－1」

とうとう呪文《じゅもん》のように唱《とな》え出す。

3－3、3－2と減っていく番号。そして。

「3－1、ゴール！」

駒子が扉に取りつき、ガタガタと引っ張る。

だが、戸は開かない。鍵《かぎ》がかかっている。

「ちょっと、なんでよぉ！」

—2—


時間は戻り、前日月曜日の夕方。ちょうど一日あとに、

『ちょっと、なんでよぉ！』

そう叫ばずにはいられない緊急事態《きんきゅうじたい》に陥《おちい》ることを、駒子は想像だにしていない。

猫玉《ねこだま》に取りこまれていた三ツ橋《みつはし》を、保健室まで送りとどけ学校を出る間、久遠は、ずっとうずうずしていた。

通学路に出る。中途半端《ちゅうとはんぱ》な時間のせいか、生徒はほとんどいない。

それを確認して、久遠はやっと口を開く。

「で、今日の騒《さわ》ぎは、ありゃ何だ？」

「……あぁ、お腹《なか》、減った」

「じゃ、飯でも食うか。満点寿司《ずし》、いくか？」

女は、つくづくたくましいなぁ、と思う。今の久遠の頭の中は、膨《ふく》らんだ猫と、ちぎれた猫と、潰《つぶ》れた猫で埋《う》まっている。とても飯を食える気分じゃない。

店に着くまでの二〇分、二人が交《か》わしたのは、たわいない話ばかりだった。

世界史の宮本《みやもと》の、ほんまか武勇伝《ぶゆうでん》が、どこまでホラか。きゃぱしてぃ小野《おの》の新作ギャグはどうか。

——そういえば、こいつと帰るのは久しぶりだな。

高校に入学してからの久遠は、中学までのおとなしく印象の薄《うす》い、ありていに言えば昼行灯《ひるあんどん》的なイメージを断固《だんこ》として払拭《ふっしょく》すべく、意識して押し出しの強い性格を作ろうとした。そのせいで、子供の頃からの久遠のすべてを知る駒子を、なんとはなしに少し避《さ》けていた気がする。

そんなつまらないことに、こだわっている間に、駒子はたった一人。妙な刺青《いれずみ》を体中にくっつけられて、化け物と戦うはめになっていたというわけだ。

——悪かったたな。

「よーし、今日は、どーんと、おごっちゃる」

咄嗟《とっさ》に、口から出たのは、そんなアホみたいな台詞《せりふ》だった。

「お、太っ腹。いいの？　私、かなりペコペコだよ」

「任せとけって。なんだか駒子も人知れず苦労してるみたいだしな」

「まあね。じゃ、お言葉に甘えまして……」

目の前に積《つ》まれた皿の山を数えて、久遠は青くなった。

満点寿司は、安さと量が売りの、いわゆる回転寿司である。全皿一〇〇円。そのかわり、シャリが分厚い。上に乗ったネタがちんまりとして見えるほどだ。

食が細い人なら二皿、三皿でごちそうさま。

それが今。二人の前に積まれた皿は、一〇枚を一山として三つ、四つ、五つ……。

——これ、ほとんど俺が食ったと思われてるんだろうなぁ。

実際には久遠の口に入ったのは五皿。残りは駒子だ。

駒子はゆっくりと皿を取り、寿司を摘《つま》み醤油《しょうゆ》をつけ、口に運んで味わい、しかるのちに茶をすする。その動作だけを見れば、がっついているようには、まず見えない。

問題は、それが一瞬も途切れることなく永遠と……いや延々《えんえん》と続いている点だ。

カウンターを占領《せんりょう》する皿の山に、さらにもう一枚が加わる。

まぁ警告はされたわけだから、それについては文句を言うまい。

だが、久遠の主眼《しゅがん》は、あくまでも飯を食いながら事情を訊《き》くことにあったわけだ。

今さらながら気づく。回転寿司屋のカウンターは、打ち明け話には向いていない。

「駒子ぉ、そろそろ……」

「そうね、じゃ次、どんたくラーメン、いこっか？」

久遠は皿の山に突《つ》っ伏《ぷ》した。

どんたくラーメンに場が変わっても、駒子の食べるペースはいささかも落ちない。

「なんてこった」

「文句言わない。ワリカンにしてあげたでしょ」

駒子は大盛りラーメンを汁の一滴まで残さず平らげてから、小声でつけくわえる。

「……〝あれ〟やると、お腹すくの」

「あれか」

あの変身のことだろう、と久遠は察した。ようやく本題に入ってくれたわけだ。

「やっぱ、新校舎の祟《たた》りに関係あるのか？」

「そんなとこかな」

駒子は、ゆっくりと語り始める。

「おといかな。夢にね。ご先祖《せんぞ》様がでてきたんだ」

夢ときたか。

「それで？」

「学校の鬼を退治《たいじ》しろって」

しばらく待つが、それで終わりのつもりらしい。

「そのご先祖って何者だ？　鬼って何だ？　なんで三ツ橋が捕《つか》まってたんだ？」

駒子が顔をしかめる。

――しまった。一度にたくさん訊きすぎたか？

こいつの脳みそは、その大半が運動神経を司《つかさど》っていて、思考《しこう》には向いていない。それを、すっかり忘れていた。

「そーゆーの、よくわかんないから、あっちに訊いて」

「あっち？」

「……ふむ……迷惑な」

唐突《とうとつ》に声のトーンが変わった。

——出やがったな。妖怪《ようかい》、節足類《せっそくるい》女《おんな》！

久遠は、大いに慌《あわ》てていることを悟《さと》られないように敢《あ》えて、ため口で喋《しゃべ》ることにする。

「あんたは、確か……ヌエコ？」

「そうだ。久遠とか言ったな。何の用だ？」

「あんた何者？」

「そんな些末《さまつ》なことは駒子に訊け。儂《わし》は眠い」

「まてまてまて。二人でたらい回ししてんじゃねぇ」

先祖というだけあって、妙なとこが似てやがる。

「やれやれ。教える駄賃《だちん》に、この〝とんこつらあめん〟とやら、もう一杯もらおうか。

腹が減ってかなわん」

——喋る口は同じでも、まさか胃だけ別なのか？

白濁《はくだく》したラーメンのスープを蓮華《れんげ》ですくい、匂《にお》いを嗅《か》ぎ、おそるおそる味見をしたあと、夜鳥子《ヌエコ》は一気に平《たい》らげた。

どうやら思いのほか美味《うま》かったようだ。夜鳥子の口が少し軽くなる。

「それで、何が知りたい？」

「とりあえず、あんた、だれ？」

「儂は、夜鳥子だ。陰陽《おんみょう》の術で、鬼を斬《き》るのを生業《なりわい》にしておった」

「その夜鳥子が、何の用だ？」

「その昔、儂が斬るはずだった鬼五匹。なにを血迷《ちまよ》うたか、くそ坊主《ぼうず》めが勝手に封《ふう》じおった。半端《はんぱ》な塚《つか》など、いずれは掘りおこす馬鹿者が出ようにな」

「ほら、夏休みの新校舎の工事だよ」

駒子が急に口《くち》添《ぞ》えした。意識はあるわけか。

「鬼切り夜鳥子が、斬りそこなった鬼五匹。そこに未練《みれん》があってな。こうして現世《げんせ》に戻って参った。さいわい、我が血に連《つら》なる者が見つかったのでな」

箸《はし》にとったナルトの渦《うず》を、しげしげと眺《なが》めながら、夜鳥子は語った。

「じゃあ、その鬼ってのは……？」

「人に宿《やど》り、さまざまな害を為《な》す。最後には取り憑《つ》いた人間を喰う」

じゃあ、三ツ橋は、すんでのところで助かったわけか。

「鬼切りってくらいだから鬼を倒すんだろうな？」

「心《しん》の臓《ぞう》を突くのを上《じょう》とするな。たとえ外《はず》しても、内臓《はらわた》をえぐれば、直《じき》に果てる。首を刎《は》ねるは存外《ぞんがい》むずかしいぞ。腿《もも》にも太い血の道がある。他には……」

「おい！　そんなことしたら……」

「もちろん憑かれた人間も死ぬる。が、鬼も果てる。万障《ばんしょう》ない」

「……人間を殺さない方法はないのか？」

「はっ、貴様も同じことを言うか。さても面妖《めんよう》なことよ」

夜鳥子は、丼《どんぶり》を持ち上げて底に残っていたスープを飲み干すと、ふぅと溜息《ためいき》をつく。

「ところで貴様、この女の、なんだ？」

「な、なんだ、と言われても」

「好きおうておるのか？」

「いや、なんだ、その……」

——駒子の顔で、そういうこと訊くかよ。

「とにかく、このお転婆《てんば》に言うてやれ。他人のために自分の命を粗末《そまつ》にするなと」

「は？」

「人から鬼を引き剝《は》がすには、あらかじめ日輪ノ陣《ひのわのじん》を組んで、そこへ鬼を呼びこまねばならん。途中でこやつが力尽きたら、元も子もない」

――あぁ、そういうことか。やっと、つながったぞ。

駒子は、鬼に取り憑かれた人の命を助けたい。そのためには人から鬼を分離《ぶんり》できる日輪ノ陣まで、鬼を誘いこまなきゃならん。で、その囮役《おとり》を駒子が買ってでた。だから、駒子は死に物狂いで走っていた。

三ツ橋から猫の怪物を追い出した教室の、光。あれが、おそらく日輪ノ陣だな。

「この女が、そうせんと力を貸さんと言うのでな」

「最初は、どうするつもりだったんだ？」

「知れたこと。人から抜けでて本性《ほんしょう》を現す前に、心の臓を突《つ》いて一撃で仕留《しと》めるが常套《じょうとう》。もっとも確実で手っとり早い」

――おいおい、それじゃ、完全に通り魔だよ。

「悪いけど……俺は駒子の味方だ」

夜鳥子が、片袖で口を覆《おお》い、不興《ふきょう》げな仕草《しぐさ》を見せた。一度、瞬《また》きする間に、そのふてぶてしい表情は去っていた。

「……怒って寝ちゃった」

「そうか」

「んじゃま、そういうことだから」

「そういうことじゃねぇ！」

久遠は、思わず声を荒げた。

「おまえなぁ、そんなヤバいことになってたなら、何で一言いわなかった？　いつもなら、ねぇねぇ、Q《キュー》、とかよ。用もないのに呼ぶくせに」

「ああ！」

駒子は、さも今、気づいたように目を丸くした。

「……とぼけんなよ」

「じゃあ訊くけど、三ツ橋ちゃんを見る前に、私の言うこと、信じた？」

「……病院に行くのを勧《すす》めたな。でもあの刺青《いれずみ》を見せられたら信じたかも？」

「電波な話、したあとに、いきなり片袖《かたそで》脱《ぬ》いで、この背中の刺青が目に入らぬかぁって？　Q、あんた、引かない？」

「……引くな。勧めるどころか、その場で病院に引っ張っていったろうな」

「ほ〜らね」

駒子に言われて、久遠は、うつむいた。

「なぁ、おまえ……、怖くないのかよ？」

駒子は、静かに応《こた》える。

「そりゃ、怖いよ。めちゃくちゃ怖いけど……。でも放《ほう》っておけば毎日顔をあわせてる人が、鬼に食べられちゃうんだよ。そんなの我慢《がまん》できる？」

「いや、気持ちはわかる。でもよぉ、なにもおまえが……」

「見たでしょ。今の私にはその力がある。できるのにやらないのは卑怯《ひきょう》だよ。安心してよ。一般人のQに鬼退治に付き合えなんて頼まないから」

そう言って駒子は、笑顔を作った。

——一般人か。今の駒子からすれば、俺なんて一般人だよな……。

「ま、そういうわけでさ。うちのご先祖様が成仏するまで、体育とか休むから。どうせ今週中には片づけるみたいだし。なんかあったら、口裏《くちうら》あわせてよ。それと今きいたこと、内緒《ないしょ》にしといて」

あ、あぁ……。下を向いたまま、久遠はつぶやいた。

「あー、すっきりした。やっぱ話すと気が楽になるね。じゃ、ここは私がおごるね」

「いいよ……俺が出す」

「そう？　ありがと」

駒子とは駅前で別れた。財布《さいふ》の中から予備校のテスト代がきれいに消えていた。予備校をサボったことが発覚《はっかく》するのは一週間後か。お袋に、どやされるだろうな。

だが、そんなずっと先のことは、久遠にはどうでもよかった。

今はとにかく、頭の中でぐるぐる回る駒子を、何とかすることが最優先だった。

—3—

火曜日、朝。

『ちょっと、なんでよぉ！』と駒子が絶叫《ぜっきょう》するまで、残り一〇時間。

久遠の気分は最悪だった。

きのうの晩、床について目を閉じると、駒子の姿が浮かんだ。いや、夜鳥子か。あの暗い教室の中で、肌をさらした姿だ。

白い肌には、かすかに汗が浮かび、小ぶりな胸は、それでも記憶にあるよりは豊かで……、ちょうど手のひらに収まるほど。鮮《あざ》やかな群青《ぐんじょう》の刺青の頂《いただき》には淡《あわ》く紅《あか》い突起《とっき》。

それが駒子の息づかいとともに、ゆっくりと上下している。

ティッシュの箱に伸ばした自分の手を見て、久遠は自分が嫌になった。

——俺、最低だな……。

あの時、すぐに目をそらしたつもりだったが、こんなに細かいところまで焼きついている。まぶたを閉じて浮かんでくる姿には、目をそむけることもできやしない。

寝るのをあきらめた。起きて考え事でもしていれば、自然と意識を失うだろう。

目を開けて考えると、浮かんでくるのは駒子の顔だった。

ラーメン屋での、屈託《くったく》のない笑顔。

「あー、すっきりした。やっぱ話すと気が楽になるね」

何でもないような顔をしていた。が、考えてみれば酷《こく》な話だ。ただの女子高生が、全身に妙な刺青をつけられて、命懸けで走ることになって。

でも、顔だけは、いつもと変わらず、一かけらの悩みもなさそうだった。

――ちっ、できるのにやらないのは卑怯かよ……。駒子は簡単だよな。

結局、眠ったらしいのは、明け方すぎだ。

頭がずきずき痛み、目は真っ赤。欠伸《あくび》が止まらず、飯《めし》も喉《のど》を通らない。最悪の気分だったが、久遠は早めに家を出た。

駒子と顔を合わせるのを、できるだけ先送りしたかったからだ。

空《す》いている電車に乗って、おそるおそる駅で降りる。

ホームに立って慎重《しんちょう》に左右を見る。早く着いたせいで生徒の数は、まだ少ない。

「Q、おっはよ！」

「うわあああっ！」

背中を軽く叩《たた》かれて、久遠は人が振り向くほどの悲鳴を上げた。

「ちょっと……。なによ、そのリアクション。あんまりじゃない？」

駒子は、ふくれっ面だ。

相変わらずの冬服。手を振って怒る駒子の肩の柔らかさが、なだらかな胸のラインが目に入る。その下の白い肌が否応《いやおう》なしに思い出されて、久遠は、ごくりと唾《つば》を飲んだ。

「どしたの、朝から血走った目、しちゃって。知ってる？　そういう目つきってさ、世間じゃセクハラって、言うんだよね」

「わ、わるい……」

「えっ……？　ほんとに、そっちなの？　なーんだ。じゃあ、いいや。今日は特別に許《ゆる》してあげる。ははは、Qも、ちゃんと男の子だったんだね」

「へ？」

「いやさぁ、てっきり気味悪がってんじゃないかと思って。幽霊《ゆうれい》に憑《つ》かれて、体中に刺青びっしり、なんてさ。だって、ラーメン屋とかに連れてってくれる男の子、Qの他にいないし、嫌われると寂しいなぁ、なんてね。なーんだ、そうか。心配して損したな」

「ちがうちがうちがう。全然そんなんじゃない」

「ふーん。なるほど。むしろ、そういうのが、お好みなわけだ？　それはそれは」

「お、おまえなぁ……。だいたい、なんで、こんな朝早くから来てんだ？」

「加減《かげん》がわかんなくて。歩いて学校に間に合う時間の」

駒子は、声をひそめる。

「ほら、体育とか病欠扱いだから、やっぱ遅刻寸前《ちこくすんぜん》にダッシュはまずいっしょ？」

「きのう、気づけよ」

まぁね、駒子が笑った。

久遠は口を開く。きのう徹夜《てつや》で考えた、いろんな慰《なぐさ》めの言葉が頭を駆けめぐる。

だが結局、その口は何も言いだせぬまま閉じた。

こんなにも、あっけらかんと笑うバカに、かける言葉などあるもんか。

それよりも。

「なに、どしたの？」

「なんでもねーよ」

——俺は男だ！

くそくそくそ！　なるようになりやがれ、ちきしょう！

鬼退治にでも何でも付き合ってやる！

久遠は、そう心の中で叫んでいた。だが、それを口に出す勇気は、まだなかった。


—4—


教室の扉を開けると、まだ誰《だれ》も来ていなかった。

「……わっぷ」

中に入ろうとした久遠が声を上げた。

急に顔にくっつくものがあった。手をかざすと、見えない糸の感触がある。

蜘蛛《くも》の巣だ。

手を振りまわして払う。

「……今度のは、これか？」

たぶんね。駒子が即答した。

「で、夜鳥子は、なんて言ってる？」

「あの人、午前中は起きてこないんだ。昼過ぎでないと」

「なんだ、それ？　低血圧の幽霊かよ。じゃあ、今は寝てんだな……」

そう言うと、久遠は声をひそめる。

「あいつ、本当に信用できるのか？」

「三ツ橋ちゃんのこと、助けてくれたよ」

「でも最初は、三ツ橋ごと斬るつもりだったんだぜ」

「Qだって、助けてもらったじゃない」

――ああ、そうだな。俺を蛇《へび》の化け物に食わせやがった。

久遠は、そう言う代わりに、まあな、とつぶやいた。

「ところで、鬼ってのは、どうやって見分けるんだ？」

「えーと……鬼に取り憑かれると、たいてい変な風になるらしい」

「変な風って、なんだよ？」

「憑いた鬼によって違うんだって」

「……って言われてもな」

久遠のクラスは三十四人。学年で百人ちょっと。学校全体なら……職員も入れて……。

あーあ、どうすれば、いい？

引き戸が開く音がして、二人は口をつぐんだ。

続いて聞こえたのは、悲鳴だった。

「きゃっ！」

「三ツ橋!?」「三ツ橋ちゃん!?」

久遠と駒子は、即座《そくざ》に駆けよった。

久遠が走る間に、駒子はひょいと机に飛び乗り、直線コースで。

「あれ、どうしたの？　今日は早いのね」

三ツ橋は、きょとんとした顔で二人を見つめた。

「んと、平気？」

「あ、私？　ごめんなさい。なんか、蜘蛛の巣が絡《から》んじゃったみたいで」

髪の毛には、きらきらと銀色の糸がかかっていた。

「今日、虫、いっぱいね。廊下にも、尺取り虫《しやくとり》とか、たくさんいたよ」

嬉《うれ》しそうに言う三ツ橋。

「あ、そうそう。ちょうどよかった。きのう、私のこと介抱《かいほう》してくれたんだって？」

「まぁな」

「三ツ橋ちゃんが倒れてたから、ちょっとこいつを呼んで一緒に運んだの。それだけ。貧血か何かだったのかもね。で、調子、どう？　大丈夫？」

その言葉に大した嘘《うそ》はない。久遠も、三ツ橋のことが心配だった。

「うん。今日は快調《かいちょう》みたい。最近、ちょっと頭が、ぼーっとしてたけど」

「おう、ならいいんだ……あんま無理すんなよ」

「ありがとね」

再び戸が開く音。そして男の悲鳴。

「どうした、荒木《あらき》？」

久遠は、いちおう訊いてみた。

「なんか、蜘蛛の巣、張ってんぞ、ここ。きのうの掃除当番、手ぇ抜いたろ？」

——決まりだな。

——決まりだね。

久遠と駒子は、目でうなずきあう。

「あ、そこ、私も、かかったのよ」

仲間を見つけたように、三ツ橋が微笑《ほほえ》んだ。

結局、悲鳴は、その後も続いた。二時間目が終わる頃には、みんな頭をかがめて戸口をくぐるようになった。

払《はら》っても、払っても、かかる蜘蛛の巣は、最初の怪異《かいい》でしかなかった。


―5―


四時間目。食べ盛り育ち盛りの高校生ならば腹の虫が鳴きはじめる。

英語の黒田《くろだ》は、女生徒による〝ぎゅっと抱きしめたい教師〟ナンバーワンの座を獲得《かくとく》している。男である久遠には、背が低く童顔《どうがん》で優柔不断《ゆうじゅうふだん》、としか思えないが、まぁ、両者はほぼ同じことなのかもしれない。

昼休みを告げるチャイムが鳴り響いたその時。

「あ、ちょっと、ちょっと待って。あと一つだけ……」

「出た、あと一つ攻撃!」

すかさず、荒木が茶々《ちゃちゃ》を入れた。

ついつい休み時間に授業が食いこむのが、黒田の悪い癖《くせ》だ。ただし、それが四時間目となると、たまったものじゃない。

「あーわかったよ。それじゃ、それじゃ、また明日ね」

黒田は、残念そうに、ほっぺたを膨《ふく》らませた。

ふてくされた声もカ～ワイイ、とは女生徒のもっぱらの評判《ひょうばん》だ。

歓声《かんせい》が上がり、三ツ橋が号令《ごうれい》をかけた、その時。

隣《となり》のクラスから、壁が震《ふる》えるほどの絶叫《ぜっきょう》が聞こえた。それはしばらく止《や》まなかった。

一瞬、クラス中の動きが止まる。

「あ、僕が見てくるから。皆さん、そのまま、そのまま」

黒田がそう言って、隣のクラスに行くと、皆、一斉にカバンから弁当を取りだした。

途端《とたん》に悲鳴があがる。しかも連鎖《れんさ》して。

悲鳴のほうを見て、理由がわかった。

あちこちの弁当箱から、でっかいムカデが這《は》いだしている。床に落として叫ぶ者。とにかく走って逃げようとする者。わぁわぁ喚《わめ》きながら踏《ふ》んづける者。

箸でつまんで、興味ぶかげに観察してるのは三ツ橋だ。

阿鼻叫喚《あびきょうかん》の騒ぎのなか、一人冷静に動く姿があった。

……荒木？

人波をかき分けて、そっと教室から姿をくらました。その姿が妙に焼きついた。

久遠は振りむく。自然と駒子と目が合う。

「こりゃ早いとこ見つけないと、まずいな」

「そのようね」

「三ツ橋の時は、どうやって見つけたんだ？」

「いや、あの子、思い切り怪《あや》しかったし」

「そりゃそうか……」

たまたま、このクラスにいるならいい。他のクラスなら、どうやって見つけたらいい？　いや学年が違ったら？

そんなことをあれこれ考えていると、がん、と、背筋が寒くなる音が響いた。

机の向こうで、足が宙に突きでていた。ぐらぐらと揺れている。痙攣《けいれん》か！

「おい、どいてくれ」

周《まわ》りの生徒は、おそるおそる、といった様子で取り巻いている。

小林《こばやし》だ。

その巨体で、口から泡《あわ》をふき手足がもがく様は、確かに一歩も二歩も引きたくなる光景に違いない。

「だれか先生、呼んでこい。俺が保健室に連れていく」

「手伝うよ」

「駒子、頼む」

えらく不自然な組み合わせだが、じゃぁ俺が、と言いだすやつは、いなかった。勇気がない、というよりは、状況を理解するには時間が足りなかったのだろう。見ているうちに、痙攣はおさまった。完全に気絶《きぜつ》している。駒子の力を借りて、なんとか小林をおぶり、廊下に出る。

階段を下りようとすると、荒木と会った。両手に大きな袋をかかえている。

「なんだ、そりゃ？」

「購買のパン、よりどりみどり〜」

荒木は、そう言って、にやりと笑った。

……なるほどね。弁当が食えないとなれば、購買に生徒が殺到《さっとう》するだろう。その先回りをしたってわけか。

「ナイス火事場泥棒《かじばどろぼう》！」

「おうよ」

「俺のも二個予約な」

「あ、私は三個お願い」

「え？　ああ、任せとけ」

荒木は、精一杯かっこうをつけて教室へ戻った。あいつ、火事場泥棒の意味、わかってるんだろうか。

階段を下りる段になると、小林の重みは骨身《ほねみ》にこたえた。肩がみしみし言いそうだ。

「久遠」

呼んだ声は、駒子のものではなかった。

「夜鳥子か？」

「こやつ、虫臭いぞ」

「だろうな」

久遠は、かいつまんで、起きた怪異を説明した。

「なるほどな。そいつを押さえつけておけ」

「ほい」

久遠は言われるままに、気絶している小林を後ろから羽交《はが》い締《じ》めにした。

ふんっ！　気合一発。駒子の手刀《しゅとう》が手首まで腹にめりこむ。後ろの久遠にまで殴《なぐ》られたような衝撃が伝わる。

気絶していても苦痛はあるのか、小林の口が開いた。

そりゃ！　今度は駒子の左手が、その口にするりと入りこむ。続く瞬間を見て、久遠は顔をしかめた。

駒子の人差し指と中指の間に、テラテラと紫色に光るムカデが握《にぎ》られている。手を引くと、ずるり、と、驚くほど長い虫が引っ張り出される。

それと同時に、小林の体が、びくんびくんと跳ねた。精一杯の力で押さえつける。

「ムカデというより、こりゃ、サナダムシ級だな」

やっと力が抜けた小林を、久遠は、とりあえず踊《おど》り場の壁にもたせて座らせた。

「こやつ、孵《かえ》る前の卵を喰ろうたのであろう」

言われて、久遠は思い当たる。

「あ、こいつ、早弁するから」

そう言ってから、久遠は首をひねる。

「じゃぁ、みんなの弁当に、その虫の卵が入ってたってことか？　それが孵って、でかくなったって？」

「無論」

「誰が入れたんだ？」

「湧《わ》いたに決まっておろう。鬼に憑かれた者がおれば、眷属《けんぞく》の鬼はどんどん増えよう」

そんなことも知らんのかという顔で応えられても、久遠はいささか困る。

「あ、そうですか……」

小さな生物、特にウジなどの小虫は、ゴミやら腐《くさ》った肉から勝手に湧いてくる。その自然発生説を否定したのがナントカの実験だと、教科書に載《の》ってた……気がする。

だがまぁ、中世の陰陽師に、そんな近代科学を説《と》いても通じないだろう。生きてる世界が違えば常識も違う、ってやつだ。

「眠いところを起こしおって。あとは任せるぞ」

あぁ、という久遠の返事を待たず、夜鳥子が、一度、瞬きした。

次の瞬間、耳を劈《つんざ》く叫びが廊下に響いた。

久遠の顔にムカデが投げつけられる。尖《とが》った足が、ぞわぞわと顔の肉をえぐる感触に、今度は久遠が悲鳴をあげる。

久遠は、ほうほうのていで顔のムカデを剝《は》がし、一息ついた。

「なんだよ？」

「ムカデよ、ムカデぇ！」

駒子は、ほとんど涙目だ。

「引っぱり出すのは仕方ないにしても……それから、ずーーーっと手で握ってたんだよ！　指の間で、くねってさ。なのに、悠長《ゆうちょう》に話しこんで。あぁ、キモい」

駒子は両の手を、久遠の背中でごしごし拭《ふ》く。

「ちょっと待て」

駒子の口から、夜鳥子の声。

「な、なによ」

「その虫を捨てるな。あとで使う」

駒子が、鼻に皺《しわ》を寄せた。

「……俺が持っとくよ。包むもの、あるか？」

ほら、と駒子が白いハンカチを出す。

久遠は、もぞもぞ動くムカデを包んで……しばし悩んでからポケットに入れた。

「ハンカチ、返さなくていいから」

駒子は、断固《だんこ》とした声で言った。


保健室の前に行列ができていた。駒子と久遠は、とりあえず、その一番後ろに並ぶ。

「早弁は、小林だけの特権、なわけないか」

「だね」

クラスに二人いたとして……三クラス三学年で十八人。行列ができるわけだ。

列の先頭には、保健医の加美山《かみやま》先生。

「はい、今、救急車が来るからね。食中毒の人は、こっち。それ以外は、黒田先生のほうに行って」

童顔の教師が手を振った。手伝いに駆りだされたらしい。

「けがとかの人は、こっち、こっち」

騒ぎで、けがした生徒も、確かにけっこうな数、並んでいた。

「今から紙を回すから、食中毒の人のクラスと名前を書いて。それから、病院まで付き添《そ》いたい人がいたら、こちらに来て」

保健医の加美山先生が、声を張りあげる。当たり前だが、緊張してみえる。並んでいる生徒たちの間を見回っているようだ。

待っているうちに、他の先生たちが布団《ふとん》を運んできた。廊下に布団が並べられ、保健室の前は即席の救護所《きゅうごじょ》となる。

久遠たちも、小林を布団の上に寝かせた。

「はい、手の空いた人は、教室に戻る」

加美山先生の声は、嗄《か》れていた。

「Q……行こ。これ以上いても、邪魔《じゃま》になるだけだから」

廊下を離れてから、久遠は訊く。

「あの……虫が腹に入った連中は、どうなるんだ？」

駒子の目が、一瞬、遠くを見る。一つうなずいて久遠を振り返った。

「小林君は、心配ないって」

「小林以外は!?」

思わず久遠の声に力が入った。駒子も眉《まゆ》をひそめる。

「私じゃなくて、夜鳥子が言ってるんだからね」

「悪《わり》ぃ。で？」

「死ぬことは、ないだろうって」

ふーっと久遠は一つ息をついた。

対照的に、駒子の顔が険《けわ》しくなる。

「……え？　なにそれ？　聞いてないよ」

「おい、どうしたんだ？」

「お腹の中の虫が、成長しきると、新しい鬼になるって！」

「おい、どういうことだ⁉　ちょっと夜鳥子を出せ」

駒子も、真剣な面持ちでうなずく。

「まったく……、昼寝も、おちおちできんわ」

そう言って夜鳥子は、大きな欠伸《あくび》をする。

「鬼になるって、なんだ。人間じゃ、なくなるのか⁉」

「体つきが変わることもあるな。変わらぬこともある」

「ちょっと待てぃ。あの小林の腹に入ったやつと、そのへんの鬼は違うのか？」

「鬼は鬼だ。人に憑き、人の精気を喰らって殖《ふ》える。貴様の言う、そのへんの鬼とは魑《ち》魅《み》か魍魎《もうりょう》だろう。あれは子を為《な》すことはない」

「はぁ？？？」

しばしの質疑応答《しつぎおうとう》が続いた後、久遠は、やっと、知りたい情報に辿《たど》りついた。

「つまり……鬼には二種類いるわけだな。人に取り憑き繁殖《はんしょく》する親玉と、その手下の雑魚《ざこ》と。女王蟻《あり》と、働き蟻みたいなもんか」

そういえば三ツ橋の時も、そうか。あの猫玉を作っていた無数の猫と、三ツ橋に取り憑いていた本体は、格の違う別物だったというわけだ。

「……ようやっと、わかったか。疲れるやつだ」

呆《あき》れ顔で、夜鳥子がうなずく。

「ということは、ほうっておけば、病院にいるやつは、みんな、鬼になるんだな」

「そういうことだ。今なら、親を滅《めっ》すれば魍魎どもと一緒に子も自然と消える」

「じゃあ、本体を倒せば、蜘蛛やムカデも消えるんだな。で、リミットは？」

「〝りみっと〟？　あぁ、さっきの虫の育ち方からして、今晩というところか」

「おい！　なんで、そんな大事なこと、早く言わねぇんだ！」

「案ずるな。夕刻までまだ時間はある」

夜鳥子は眠そうに、もう一度、欠伸をした。

「余裕こいてんじゃねぇ。ふざけるな！」

「つば、飛ばさないでよ、Q……。あんたが興奮してどーすんのよ。これから準備を始めるって。見張り、頼めるかって訊いてるよ」

頬を拭きながら駒子が応えた。


―6―


カリカリとチョークがこすれる音がする。

手を真っ白にしながら、夜鳥子が複雑な図形を黒板に描いている。

五重の大きな同心円を、小さな十六個の円が花びらのように囲んでいる。大きな円と小さな円、合わせて十七個の円の内側に、梵字《ぼんじ》だろうか、見たこともない十七種類の記号が、その一つずつに配されている。

日輪ノ陣だ。おそらく太陽を象《かたど》った魔法陣か、何かなのだろう。細かいところまで覚えていないが、教科書で見た曼荼羅《まんだら》に似ている気もする。

午後三時半。結局のところ、午後の授業は流れた。

久遠は、使われていない新校舎三階の教室に潜《もぐ》りこんで、陣を作っている夜鳥子を手持ち無沙汰《ぶさた》に見守っている。標識には3―1とあった。まだ三年生は入ってきてない。三学期には移ってくるらしい。

久遠が黒板に向かう夜鳥子を見る。どうやら日輪ノ陣を描きおえたようだ。

「で、どうやって、鬼を見つけるんだ？」

「さっきの虫を出せ」

ああ。久遠は、憂鬱《ゆううつ》そうにつぶやいた。

ポケットの中では、まだ、がさごそという感触がある。

夜鳥子が教壇《きょうだん》から降りてきた。真っ白になった手を無造作《むぞうさ》に払う。

「それを貸せ」

「ちょ、ちょっと待って」

口を挟んだのは、駒子だった。

「これから、それ、触るんでしょ？」

駒子が……夜鳥子がうなずく。

「おまえ、虫、ダメなの？」

「好きじゃないわよ、そんなもん」

まぁ、三ツ橋を除けば、たいがいの人間は、あまり触りたがらないだろうな。

「心の準備をするから待って」

目を閉じて深呼吸して、駒子は、ようやく目を開いた。

「では、やるぞ」

夜鳥子の声とともに、駒子の顔が、世にも情《なさ》けない顔つきになる。

駒子の手が、がっしとムカデをつかむ。唇《くちびる》が短い呪文《じゆもん》を唱《とな》えたのち、その唇でおもむろにムカデに口づけた。ムカデの色が、さっと紫から緑に変わる。

「う……!!」

久遠は咄嗟《とっさ》に駒子の口を押さえた。こんな教室に隠れているのがバレたら、面倒なことになる。

次の瞬間、口をふさいだ手に激痛が走る。久遠は、残った手で今度は自分の口を押さえるはめになった。

悪夢にも似た一瞬のあと、久遠は、ようやく手を離した。手のひらには、真っ赤な歯形がくっきりと付いている。

「もーーーやだ!」

駒子は、涙を溜《た》めて、こっちを睨《にら》んでいる。

「ファーストキスがあんたで、次はムカデ? いいかげんにしてよ!」

――ファーストキス? いや待て。俺は、ムカデと同列かよ。

そう思ったが、久遠は口には出さなかった。

「こんなのはもう、金輪際《こんりんざい》、ご免《めん》だからね!」

何を大袈裟《おおげさ》な、という表情が顔の右半分に浮かぶ。こっちは夜鳥子だ。

「精気を吹きこんだだけのこと。ほら追うぞ」

緑色に変じたムカデは、早くも机を降りて、しゃかしゃかと進み始めている。

「いこうぜ」

駒子は、無言で、久遠をまだ睨んでいた。

——はいはい、どうせ俺はムカデと同レベルですから。

駒子の唇の端《はし》が、つりあがった。不機嫌な顔が、ぞっとするような笑顔に変わる。夜鳥子の冷たい微笑じゃない。駒子自身のものだ。

「いくわよ！　いってやるわよ！　鬼だかなんだか知らないけど！　私の前に現れたこと、絶対、後悔させてやるからね！」


—7—


久遠たちの前を、頭の禿《は》げかけた教師と、男子生徒が並んで歩いていた。どっちも見覚えはあったが、名前までは知らない。生徒のほうは予備校で何度か見かけたことがある。確か三年の国公立理系コースのやつだ。

しゃかしゃかと走るムカデは、生徒のほうに向かっている。気づいてないようだ。

「もういいね？」

駒子の言葉に……夜鳥子がうなずく。

「ハンカチ、返して」

久遠からハンカチを奪《うば》い取ると、駒子はムカデの上に、ふわりとそれをかけた。

次の瞬間、筋肉質の足が、思い切り振りおろされた。

踵《かかと》だ。えぐるように、ねじこむように、ぐりぐりと踏みつぶす。

駒子は、肩で息をしていた。

「で、どうする、あの二人？　先生に見られちゃ、あとあと面倒だろ」

「そうなんだよね」

「まあ、いいや。先生のほうは俺がなんとかする」

「え、Qがやってくれるの？　本当に……いいの？」

久遠はうなずく。

——あ～ぁ、またやっちまった……。きび団子ももらってないのに、とうとう鬼退治の仲間入りだ。なんで俺、こいつの無茶にいつも自分から首を突っこむんだろ？

「じゃあ、Qはそれだけ、やったら、あとは離れてて。きのうみたいに見に来ないでよ」

「あぁ、絶対に行かない。俺、一般人だしな。あとで携帯だけ入れるわ」

そう言うと、久遠は、全速力で廊下を走りだした。

教師の横を通り過ぎる。

「こら、そこ！」

禿げの先生は、予想通りこっちを見た。それを確認して、久遠は意識を集中。覚悟《かくご》が肝心《かんじん》だ。中途半端に倒れても意味がない。

先生の言葉に振り返る。そうしながら、わざと右足を左足の前に出す。上履《うわば》きを滑《すべ》らせて体重を後ろにかける。スライディングに近い体勢をとりながら空中で暴《あば》れてみる。

途中までは演技だった。だが、腰が宙に浮いた瞬間に、久遠は激しい恐怖を感じて手足をばたつかせた。結果、したたか腰を床に打ちつけることになる。

「おいおい、大丈夫か？」

起きあがって、うなずこうとした、久遠の顔が凍《こお》りついた。

教師のすぐ後ろでは、駒子が男子生徒と向かい合っていた。

生徒の口から、耳から、大量の蠅《はえ》が吐きだされる。それらは音もなく着地すると、生徒の肌をくまなく被《おお》っていった。

駒子が口を押さえて、背を向け、走りだす。

「おい！」

教師に肩をつかまれて、久遠は我に返る。

「へ、平気です」

「廊下でバカやってるから転ぶんだ。子供じゃないんだから、もっとしゃきっとしろよ、しゃきっとな」

高校生というものは教師の都合《つごう》で、大人になったり子供になったり忙しい。

「すいません。以後、気をつけます」

名も知らぬ教師に、久遠は何度も頭を下げてみせた。

帰るふりをして、急いでトイレに駆けこむ。

久遠は、携帯を取りだし短縮ボタンを押した。


—8—


コール二回目で、駒子が出た。

「駒子、そっちはどうだ？」

「虫嫌い、虫嫌い、虫嫌い！」

駒子のヒステリックな声が携帯から聞こえた。

「落ちつけ。3－1まで、もうちょっとだろ」

「これが落ち着いてられっかー！」

駒子の声が遠くなる。代わりに風の音がする。

「3－1、ゴール！」

携帯から聞こえた駒子の声に、よし、と久遠は拳を握った。

ガタガタという音がして、次に聞こえたのは駒子の黄色い声だ。

「ちょっと、なんでよぉ！」

「おい、駒子、どうした！」

久遠は、そう言いながら、もう走りだしていた。

携帯から、耳に痛い、ガチン、という音がする。床に落ちたのだろう。ガサガサという雑音は虫に呑《の》まれたか。それっきり通話が切れた。


久遠は、二段とばしで階段を駆けあがる。

駒子を心配するあまり、恐怖感を忘れていることに、久遠は気づいていない。

階段の途中で分厚い蜘蛛の巣につっこみ、なんども顔を拭う。

三階に着いて、久遠は耳を押さえた。

虫の羽音《はおと》だ。蚊《か》が飛ぶ時の、あの神経に障《さわ》る高音が、あたり一帯を満たしている。

こうして立っているだけで、羽虫が手に当たっていく。

……急がないと。

足を踏み出すと、数十匹の虫が上履きの下で潰《つぶ》れた。

この時ばかりは、駒子の冬服がうらやましかった。夏服の露出《ろしゅつ》してる腕は、つねに振っていないと、すぐに虫がたかる。

ヤケになって、タコ踊りをするように全身を震わせながら、久遠は3－1に着いた。

引き戸は、たかった虫で黒ずんでいた。思い切り蹴りを入れると、虫の波が引く。足下《あしもと》には、駒子の携帯が落ちていた。

教室の戸を開けようとして、がくんと、久遠は体勢を崩《くず》す。

鍵《かぎ》？　鍵か！　駒子の悲痛な叫びの理由はこれだったのか。

鍵を探しに職員室に行く余裕はない。

久遠は、後ろにさがると、全身の力を込めて体当たりした。

三度目で、戸が内側にすっ飛ぶ。と同時に、ぱらぱらと虫が頭に落ちてきた。久遠は素《す》っ頓狂《とんきょう》な声をあげながら頭をかきむしった。

廊下の先に駒子が見えた。後ろには……ひときわ濃い虫の群れを引き連れている。

「おおい！」

叫んで手を振る。

戸が開かないから、一旦《いったん》、西階段を下りて、二階を駆けぬけ、東階段を昇って、ぐるりと一周してきたのだろう。二階に残っていた連中は、さぞや驚いたに違いない。

久遠は、3－1に飛びこんだ。そして顔を青くする。

慌てて廊下に出ると、両手を交叉《こうさ》させる。バッテンのしるしを見て、駒子は、うなずいた、ように見えた。

放課後になったから、誰かが戸じまりをしたわけだ。そりゃぁ、ついでに……。
くそったれ！　黒板に描かれていた夜鳥子の労作《ろうさく》は、見事に消されていた。
どうする？　どうする？　どうする？
久遠は、必死で考える。
消した黒板には、うっすらと、チョークの跡《あと》が残っていた。
――夜鳥子のやつ、力の加減がわからなくて、何本もチョークを折っていたからな。
これなら、なんとかなるかもしれない。
久遠はチョークを拾って、猛然《もうぜん》と日輪ノ陣をなぞりはじめた。
その時。
久遠の後ろで気配がした。久遠は、狼狽《ろうばい》しながら振り返った。

……何が！　何が、バッテンなのよぉ！
駒子は、叫びだしたい気分で一杯だった。
久遠が、教室の戸を開けた時は、全身でガッツポーズを作った。
だが、直後に出したバッテン。あれは何だったのだ。
すでに脚《あし》が、ぱんぱんだ。
走り方は、距離に応じてまったく違う。

駒子は、最初から飛ばしていた。一周まわって3－1まで、たどりつけば、その間に久遠が扉の鍵をなんとかしてくれている。見に来るな、と自分で念を押したくせに、久遠は必ず駆けつけてくれていると、なぜか信じていた。

そしてその確信は正しかった。

だが、理由はわからないが、あのバッテンだ。急に二周目を走らされることになった。

次で三周目だ。

歯噛《はが》みしながら3－1の前を通り過ぎ、西階段を駆けおりる。

――ここで差をつける！

駒子は、全力で階段を飛び降りる。着地に失敗すれば、頭を打つ勢いだ。

たん、たん、たん、と踏み切って、ジャンプ！

かろうじて、足が踊り場につく。その場で、身を翻《ひるがえ》して、もう一度だ！

後ろは見ない。絶対見ない。

長距離ランナーなら、そんな駆け引きもいるかもしれない。

だが、駒子の専門は、四〇〇メートル障害《しょうがい》。先頭ならば脇《わき》も後ろも見ない。とにかく目の前のコースとハードルだけを見て全力疾走《しっそう》する。

だいたい……相手との距離なら、振り向かないでもわかる。

ざわざわという虫のざわめき。千匹の蚊が飛び回るような羽音。おぞましい鳴き声。

それらは、もはや、耳元すれすれで聞こえるような気がした。

―9―


「手伝うわ」

「三ツ橋……さん!?」

久遠の後ろに立っていたのは、三ツ橋だった。

思わず黒板に向かう久遠の手が止まる。

「桂木《かつらぎ》さんがね。二階の廊下を、すごい勢いで走ってたから……。それ、なぞればいいんでしょ？　私も手伝う」

久遠は、とりあえず、うなずいた。

二人は無言で、まだ半分も形を現していない日輪ノ陣に向かう。

訊きたいことは、山ほどあった。が、今はそれどころじゃない。

カリカリと、黒板にチョークを削《けず》る音だけが響く。

三ツ橋は、久遠よりも何倍も器用《きよう》で、チョークさばきも正確だった。

――間に合ってくれよ。

久遠は、祈《いの》る思いで作業を続けた。

遠くから、どたどたと足音が近づいてきた。

久遠は顔をしかめる。普段なら、駒子の足音は、もっと軽い。そして心地いいリズムを刻《きざ》む。

——相当、足にきてる。

廊下に出て、ＯＫサインを出したかった。だが、まだ肝心の日輪ノ陣が描きあがっていない。久遠は、チョークを走らせる速度を上げた。

駒子は、荒い息をついていた。三度目の東階段を昇り終えたところで、膝《ひざ》のバネを一レース分も使ってしまった気がする。

○でも。まだ、体は動く。焦《あせ》るな。リズムを崩すな。八拍子《びょうし》を守れ。

目が標識を追う。待望の３－１が見えてきた。

久遠の姿はない。もしや、まだ、ダメなのか。

でも……もう一周は無理だ。賭《か》けるしかない。

脚は、すでに限界。喉から血を吐きそう。汗を吸った冬服がとにかく重い。暑い。

それでも、駒子の目は戸口までの距離を測《はか》っている。

歩幅を合わせろ。

よし、五歩、四歩、三歩、二歩、一歩。

跳べ！

久遠は、教室に、文字通り転がりこんできた駒子を見た。

肩から受け身を取るように倒れる。

「終わった！」

久遠は、チョークを放り投げて、駒子を助け起こした。

駒子が、久遠に何か言おうと口を開けるが、息をするのがやっとのようだ。

「太陽マーク、描き直しといたから！」

言ってから久遠は、不安になる。果たして……素人《しろうと》がなぞって効果のあるものなのだろうか。だが、もう後戻りできない。あとは信じて祈るだけだ。

駒子は、久遠の肩に手をかけて、よろよろと立ち上がる。

「久遠。戸口を……ふさげ……。時間を稼《かせ》げ」

夜鳥子はそれだけを伝えると、肩を上下させながら、乱暴に服を脱ぎ始めた。

久遠は、自分が蹴倒《けたお》した戸を起こすと、出入り口に向かって突撃《とつげき》した。

「うぉーーりゃあああ」

だが久遠の奮闘《ふんとう》も虚《むな》しく、戸の隙間《すきま》からは黒い靄《もや》があふれだし、ゆっくりと室内に拡《ひろ》がっていく。

「やべえ、急げ」

久遠は振り向かず叫んだ。

「今回は、一気に片づけるぞ」

「なんか、かなり荒っぽいやり方みたい。だから、今のうちに逃げて！」

冬服一式を三ツ橋に押しつけながら、裸身の駒子が後ろの戸口を指さした。

教室の中央、その中空に虫が集まっている。そこだけがひときわ濃い。それをよくよく見れば無数の黒蠅だとわかる。

それは徐々に意味のある形を成し始める。太い四本の脚を具《そな》えた巨大な肉食獣だ。

獣は、その深い闇のような口を開き、声をあげずに吼《ほ》えた。

―10―

「振り向くな。走れ。できるだけ離れろ」

後ろの出口に向かう二人の背を、夜鳥子の怒鳴り声が叩《たた》いた。

久遠にはわかった。一気に片づけたいのではない。長く動ける力が駒子の体にもう残っていないのだ。

内側からは簡単に鍵は開いた。三ツ橋を廊下に押し出すと久遠は振り返る。

黒い霞の向こうに、黒い野獣の形と、その半分にも満たない小さな黒い人型。

人型のほうは、隙間なく蠅にたかられた駒子の体だろう。

久遠たちを逃がすためか、抵抗する様子はない。まったくの棒立《ぼうだ》ちだ。

獣は天井まで伸び上がり、そこで自《みずか》ら口を引き裂《さ》くと反転。一気に人型を頭から呑みこんだ。二つの形は完全に一つに……。

だが、久遠は見た。

人型が、獣の口に呑みこまれる寸前、こちらに「安心しろ」と言うように手を振り、さらにその手から白い一片《ひとひら》が放たれるのを。

——駒子、頑張《がんば》れ。

久遠は三ツ橋を急《せ》かし、飛びかう羽虫の幕を押しのけて廊下を突き進んだ。

そして階段の前まで、やっとたどりつくと、もう一度振り向いた。

最後に見た、あの手の合図の意味が「安心しろ」ではなく「さよなら」だったのかもしれないと、ふと気づいたからだ。

その刹那。

3－1の教室から爆音がとどろき、炎が噴《ふ》きだした。残った戸を吹き飛ばし、廊下の窓ガラスを一斉に叩き割るほどの爆風をともなって。

一瞬の出来事だった。その後は、今の爆発が夢だったかのように何の音も聞こえなかった。非常ベルも鳴らない。火災検知器さえ一瞬で吹き飛ばされたのかもしれない。

久遠と三ツ橋が教室から出るのを見計《みはか》らったように、室内に変化が起きていた。

その変化は徐々に、だが確実に進行した。

教室全体を被っていた黒い霞が、新たに現れた白い霞に駆逐《くちく》されていく。

床を見ればびくびくと痙攣する虫が、すでに層をなしている。

果たして白い霞の正体は、黒い獣に呑みこまれる寸前に夜鳥子が放った一匹の蛾《が》、それが撒《ま》き散らした大量の燐粉《りんぷん》だ。

部屋が白い霞に満たされると、突然、蛾は自ら発火。それを引き金に爆発が起きた。

室内に紅蓮《ぐれん》の地獄が生じた。

炎はかろうじて生き残っていた虫を残らず焼き尽くす。

野獣も炎に包まれていた。火を消そうと床をのたうつたびに、炭となった蝿がぼろぼろと落ちる。

見よ。燃えあがる獣の体から。

人の腕がにょっきりと生えた。それは久遠に手を振ったあの左手だ。

再びその手から白い蛾が飛びたつ。蛾は室内を可憐《かれん》に舞う。

羽ばたくたび、きらきらと、大量の粉が散っていく。

見る間に炎の勢いは弱まっていった。

久遠は、廊下の隅《すみ》に設置されていた消火器をかかえると、教室に駆け戻った。

まだあちこちで、くすぶってはいるものの、火はほぼ鎮《しず》まっている。

壁は黒こげ。校庭側の窓にはガラスの破片《はへん》さえ残っていない。

床を埋め尽くした焦《こ》げた虫の死骸《しがい》は、教室の中央に小山さえ築《きず》いている。

その頂《いただき》に元は獣の形であったものが、忘れられた墓標《ぼひょう》のように立っていた。

動いているものは何もない。駒子の姿もない。

「桂木さーん！」

呆然とする久遠の代わりに、三ツ橋が声を限りに叫んだ。

その声に応えるように、焼け焦げた黒板から漏《も》れる淡《あわ》い光。

――あれは？

光は急速に輝きを増し、あの太陽のマークを浮かび上がらせた。久遠と三ツ橋がなぞった日輪ノ陣だ。

駒子は生きている！　久遠はそう直感した。

日輪ノ陣から発せられた光は、小山の上の黒い墓標を正確に射《い》た。

炭化した蝿の塊がばらばらと剝《は》がれて落ちる。その中から一組の男女が姿を現した。

立っているのは灰まみれの駒子。倒れているのが宿主《やどぬし》にされた男子生徒だろう。

三ツ橋は、一面の虫の死骸に臆《おく》することなく、ガサガサと踏みしめながら、裸《はだか》の駒子に駆けよった。

久遠は、駒子たちに背を向けつつも、横目で様子をうかがう。

「おい、無事か？」

三ツ橋から受け取った服を手際よく着ながら、見ての通りと、夜鳥子の声が応えた。

「で、鬼の本体は、やったのか？」

「まだだ。駒子がずいぶんと恨《うら》みがあるように見えたからな。止《とど》めを任せることにした」

夜鳥子の唇の端に、妖《あや》しい微笑《びしょう》がわずかに浮かんでいた。

「んで、そいつは、どこにいるんだ？」

「ふ、ここだ」

言うが早いか、夜鳥子は少しうつむき、うげっ、という嫌な音とともに床に何かを吐き出した。

それは昼に食った焼きそばパンと同じくらいの……大きなウジ。まだ生きている。

「これが黒き魔王と呼ばれる、サバエの主《しゅ》の本……」

夜鳥子の説明をさえぎり、うわっ、うわっ、うわあああああ！　とパニクった声を出したのは、駒子なのだろう。

サバエの主の最期《さいご》は、同情したくなるくらい悲惨《ひさん》で、あっけないものだった。

久遠の持っていた消火器をひったくると、駒子が力一杯、振りおろしたのだ。

がつん。ぐぢゅ。

ウジは薄緑の体液を撒《ま》き散らし、形を失った途端《とたん》に灰となり……。

ガラスのない窓から吹きつけた風に、四散《しさん》した。

その風に乗って消防車のサイレンが近づいてくる。

「とっとと、ずらかろうぜ」

ゴムを口にくわえた駒子が、髪を整えながらうなずく。

「あ、ちょっと待って」

三ツ橋は黒板にデジタルカメラを向けている。生き物好きの三ツ橋が通学途中で見かける犬猫を撮影するために持ち歩いているやつだ。

「何やってんだ？」

「せっかく描いたから、記念に。それに次に描くときの参考にもなるし」

――次？　という言葉を飲みこんで、久遠は三ツ橋の手を引っぱった。

第三章　桜《さくら》の精《せい》——水曜日

虚【うろ】

腹から両の太腿《ふともも》に宿る双頭の大蛇の式神。召喚の形態は単独と、夜鳥子《ヌエコ》の脚と合体する二種。

―1―


水曜日。少女は走っていた。

降りやまぬ桜の花びらの中を。

ポニーテールを背で跳《は》ねあげ、汗の滴《しずく》を飛ばしながら、両の手を振って。命懸《いのちが》けで。

駒子《こまこ》が通う高校には桜並木がある。校門から運動場をぐるりと半周し、体育館まで続くおよそ三〇〇メートルの小路だ。

開花時期は、毎年四月の一〇日過ぎ。入学式には微妙に間に合わないため、満開の桜をバックに記念撮影というわけにはいかない。だが、近隣《きんりん》ではちょっとした名所だ。

大半の生徒がそうであるように、駒子もこの淡いピンクのトンネルをくぐるのが大好きだった。少なくとも今朝《けさ》までは。

再び、時間は一日もどる。火曜日午後六時半過ぎ。すっかり陽《ひ》は落ちている。

鬼に憑《つ》かれていた男子生徒を三階に置き去りにして、駒子、久遠《くどう》、三ツ橋《みつはし》の三人は、まだくすぶりを残す新校舎から急いで抜け出した。

さいわい、この時期はナイター設備《せつび》を使ってまで練習に勤《いそ》しむ、根性《こんじょう》のある運動部はこの学校にはない。

夕闇《ゆうやみ》にまぎれて運動場を突っ切ると、校門の手前にある大木の陰《かげ》に身を潜《ひそ》めた。

目の前を、消防車三台と救急車一台が、けたたましくサイレンを鳴らし走り抜ける。

「置いてきちまったけど、あいつ大丈夫か？」

「とくに、けがもなかったし、救急車も来てるから。とりあえずはね」

「事情聴取《じじょうちょうしゅ》は必至《ひっし》だろうな。なにせ爆発事件の重要参考人だし」

「あの人も……たぶん何も覚《おぼ》えてないですから……」

駒子と久遠の会話に、口を挟《はさ》んだのは三ツ橋だった。

「じゃあ……三ツ橋ちゃんは？」

「うん、さっき、あれを見るまでは……。私にも、ああいうの憑いてたんでしょ？」

——あちゃ、気づかれちまったか。

さすが、三ツ橋。喋《しゃべ》りはとろいが頭は切れる。噂《うわさ》のFカップにはきっと脳みそが詰まっているに違いない。これ以上、隠し立てできそうもないな。久遠は覚悟《かくご》を決める。

「えーっと、まあ、なんだ……三ツ橋が悪いわけじゃないし……。だから、その……気にするなって」

「ごめんね……」

消え入りそうな三ツ橋の声で会話は途切《とぎ》れた。

校門を出てからも気まずい沈黙《ちんもく》が続いていた。

それをあっさり破《やぶ》ったのは、駒子の腹の虫だ。

「腹、減ったぁ！」

駒子は、わざとらしく、おどけてみせた。

「まあ、今日はよく走ったしな」

「ごめんなさい……私の時も大変だったんでしょ？」

久遠がフォローの言葉を探している間に、意外な人物が応《こた》える。

「その通りだ。貴様、三ツ橋といったな。礼といえば馳走《ちそう》が太古《たいこ》よりの慣《な》らい。つまり、おごり一回だ」

どうやら夜鳥子《ヌエコ》は〝おごり〟という言葉を覚えたらしい。三ツ橋はきょとんとしている。慌《あわ》てて駒子が取りつくろう。

「あ、今の冗談。ぜんぜん気にしなくていいから。ははは……」

笑う声に、再び大きな腹の虫が重なった。説得力ゼロ。

「あの、お好み焼き、好きですか。よかったら寄りません？　うち、お好み焼き屋なんですよ」

「乗った！」

駒子は、あっさりと前言《ぜんげん》を撤回《てっかい》した。

三ツ橋の実家、お好み亭《てい》ミツハシは、学校に一番近い駅の通りぞい、ようするに駒子と久遠の通学路の途中にあった。一階と二階が店舗、三階と四階が住居。屋上からは小高い丘の上に建つ学校が見えるらしい。全面タイル張りの、けっこう瀟洒《しょうしゃ》なビルだ。

三人は、一般客の目を避《さ》けて、二階の奥座敷《おくざしき》に陣取《じんど》っていた。

壁には通常メニューに混《ま》じり「チャレンジセット！　五枚を三〇分で食べればタダ」と大書された貼《は》り紙がある。

駒子がチャレンジセットの三周目に取りかかった頃《ころ》には、夜鳥子のことを含《ふく》め、三ツ橋の鬼に対する理解は、久遠をはるかに越えていた。

「鬼の目的か。なかなか良い質問だな」

イカ玉を、はうはうしながら、夜鳥子が言った。

「ありていに言えば繁殖《はんしょく》だ。まず鬼は人に憑き、精をたくわえ、しかるのちに産卵《さんらん》し死ぬ。おい、〝まよねいず〟は、あまりかけるでない」

久遠の手の甲をソースで汚れた金属のこてが、ぱんと叩《たた》く。

「それで、憑かれた人間はどうなるんでしょう？」

三ツ橋がブタ玉を、ぽんと器用《きよう》に裏返した。

「宿主《やどぬし》を殺しては寄生《きせい》はなるまい。衰弱《すいじゃく》はしても孵化《ふか》までは生かされておる。最期《さいご》は新たに生まれた鬼どもの糧《かて》となるが、常《つね》」

「なるほど！　理《り》に適《かな》ってますね。ところで鬼は人の何を食べるんですか？」

三ツ橋は、切り分けたブタ玉を丸ごと一枚、お供《そな》え物でもするように夜鳥子の前へ、しずしずと差し出した。

「人の情念《じょうねん》。魂《たましい》といってもよいな。特に若者のそれは、いろんな物がごちゃ混ぜの〝ちゃれんじせっと〟に似て、食いでがある。そして美味《うま》い。貴様たちが高校と呼ぶ場所は、それを集めるには申し分のない場所だ」

夜鳥子は、さっそくブタ玉をほおばった。

「ああ、それで鬼は封印《ふういん》が解《と》かれても学校から離れないんですね。じゃあ、放《ほう》っておけば、まだ校内で犠牲者《ぎせいしゃ》が出ますよね。あ、えーっと、鬼は、あと何匹いるんですか？」

「三匹だ」

「あの……、私に何か〝できること〟があれば……」

三ツ橋は、しばらく夜鳥子の顔を見ていたが、返事はなかった。

「あの……、私……。もちろん鬼と戦ったりはできませんが、準備や後片づけなら……。あの……えーっと、ネギ焼きも召《め》し上《あ》がりますか？」

「もらおう」

もち チーズ玉 六五〇
エビ玉 六五〇
ホタテ玉 六五〇
タコ玉 六五〇
イカ玉 六五〇
ホッピー
豚玉 六五〇
ねぎ焼き 八五〇

この珍妙《ちんみよう》な二人の会話が二時間ほど続いた。

その間、久遠の発した言葉は、駒子の前歯に付いた青海苔《あおのり》をからかい、ものの見事に夜鳥子に無視されたに留《とど》まる。


三ツ橋の両親に何度も礼を言い、店を出たところで久遠がぼやく。

「毎日、三ツ橋んちに世話になるわけには、いかないし。こんな調子じゃ、いくら金があっても足りないんじゃねえか」

駒子は、そうなのよ、と憂鬱《ゆううつ》そうに目で応じた。

「では明晩《みようばん》は儂《わし》のおごりだ。案《あん》ずるな、金ならある」

駒子の鞄《かばん》の底から、見慣《みな》れぬ財布《さいふ》が出てきた。中には、万札と千円札が数枚。

「これで、お上《かみ》は、付け火は物盗《ものと》りの仕業《しわざ》と断《だん》ずるであろう。宿主にされていた学生の嫌疑《けんぎ》は晴れ、儂らの腹はふくれる。人の世は持ちつ持たれつというものだ」

まったく食えないやつだ。あの切羽《せつぱ》つまった戦闘のさなかに、そこまで考え、財布を抜き取る余裕《よゆう》があったというのか。

夜鳥子の性格の一面を垣間《かいま》みた気がして、久遠は少し頭が痛くなる。

財布の金を数えながら、駒子も溜息《ためいき》をついていた。

——それにしても……

あの三年生。ずいぶん金持ちだよな。あ、もしかして予備校の模擬試験《もぎしけん》の……？

あ～ぁ。ま、どうせあんな調子じゃ、テストは受けられないか。


―2―


水曜日、朝。

次の戦いの予兆《よちょう》を駒子と久遠が確認するまで、あと三分。そして三ツ橋に〝できること〟の凄《すご》さの一端《いったん》を全員が認めるまで、あと十二時間。

久遠は、相変わらず冬服を着こんだ駒子と並んで、学校まで続く坂をだらだらと歩いていた。昨夜の爆発が、どれほどの騒《さわ》ぎになっているか気になったが、それ以外はいたって平穏《へいおん》な登校風景に思えた。

「三階の日輪ノ陣《ひのわのじん》、ありゃ、もう使えないぞ。どうする？」

「描き直すにしても、今度は消されない場所を選ばないとダメだね」

「……だな」

妙案《みょうあん》も浮かばないまま、そこで会話が途切れた。

きのうまで、あんなにうるさかった蟬《せみ》の声が、心なしか減った気がする。まさか昨夜のあれで、ここらの蟬の大半が、灰になったとは思えないが。

まあ、紅葉《こうよう》はまだ先だとしても、本来なら蝉よりはコオロギやキリギリスの鳴き声が似合う季節なのだ。普通に戻ったと言えなくもない。

そんなことを、ぼーっと考えていた時、学校の方から騒がしい声が聞こえた。

それを耳にするやいなや、駒子はもう駆けだしていた。

「人目のあるところじゃ、走らないんじゃなかったのかよ」

駒子の背に悪態《あくたい》をつきながら、久遠も急いでその後を追う。

校門を抜けた先にある、ひときわ立派な木の下に、人だかりができていた。昨夜、その陰で、消防車と救急車をやりすごした、あの木のあたりだ。

先に到着した駒子が指差す先を見上げると、ちらほらと小さな花。二分咲《にぶざ》きといったところだろうか。

きれいな薄紅色《うすべにいろ》のソメイヨシノだ。今は九月だというのに。

のん気に歓声《かんせい》を上げる生徒たちの中、一人、駒子の表情は険《けわ》しい。

「きのうは、こんなの、なかったよな？」

「わからないけど、たぶんね」

よく見ると、他の桜の木にも蕾《つぼみ》がふくらみ始めている。この調子なら午後には満開宣言が出るかもしれない。

「これも、あれかよ？」

駒子から返事はない。

その代わり宣戦布告だとばかりに、ジャンプ一番、桜の幹《みき》に強烈《きょうれつ》な蹴《け》りを入れた。

花びらが、はらはらと散り、集まっていた生徒たちから喚声《かんせい》が上がる。

その声を無視し、駒子はさっさと校舎へ向かった。始業五分前のチャイムが鳴った。


三階に昇る階段は、赤いテープで封鎖《ふうさ》され、立ち入り禁止の札が掛《か》けられていた。

教室に入ると、きのうの爆発事件と、桜の狂《くる》い咲きの話題で持ちきり。腹痛で欠席している者が数名いたにもかかわらず、食中毒騒動はすでに忘れられたようだ。

朝のホームルームは、昨夜起きた事件の説明に終始《しゅうし》した。

爆発の原因は今のところ不明。今日一杯は、警察と消防の立ち入り調査。

現場で倒れていた三年の男子生徒は、病院に担《かつ》ぎこまれた直後に意識を回復。そのまま入院したらしい。

一時間目と二時間目は、とりたてて変わったことはなかった。

三時間目は自習。地理の大谷《おおたに》が休んだためだ。もしかしたら教師のくせに、あのオヤジも早弁《はやべん》したくちなのかもしれない。

駒子は頬杖《ほおづえ》を突いたまま、眼下《がんか》の桜並木をじっと見つめていた。二階の教室は犯人を見張るには絶好のポジション。まあ、窓際の席のやつは、大半が同じようなものだったから、目立っていたわけではないが。

四時間目は、週に一度の英会話のリスニング。視聴覚室から戻ると、大勢の生徒が窓に張りつき、うかれた声を上げていた。

当たることを期待していたわけではないが、久遠の予想は的中《てきちゅう》。校門から体育館まで伸びる、極太のピンク色のラインが見事に完成していたのだ。

満開の桜の下、季節外《はず》れのお花見をしようと、我先《われさき》に生徒たちが駆けだしていくのが見える。

「私たちも行きませんか。早く行かないと、いい場所、とられちゃいますよ」

ことの重大さが、わかっているはずの三ツ橋まで、弁当を片手に嬉《うれ》しそうに手招きしている。

——何かがおかしい。なんだ、このみんなの浮かれようは。

久遠の背に冷たいものが流れる。

「……ほぉ、三匹目は桜の精か。厄介《やっかい》なことになったものよ」

ようやく目を覚ましたらしい夜鳥子が、外の景色を見下ろしながら、誰《だれ》に言うでもなく、そうつぶやいた。

「師匠《ししょう》、厄介って?」と三ツ橋。

——おいおい、三ツ橋。おまえ、いつ夜鳥子に弟子《でし》入りしたんだ。

「ふむ、手遅れかもしれんな」

その時、桜並木のどこかで、最初の悲鳴があがった。

「おまえ、今、押しピンかなんかで俺のケツ、刺《さ》したろうが！」

「はぁ？　それより私のタコさんウインナー、盗《と》ったのあんたでしょ！」

たわいのない、いざこざが、桜の下のあちらこちらで、一斉に始まっていた。

この喧騒《けんそう》は、一つの絶叫《ぜっきょう》で静寂《せいじゃく》を取りもどす。

女生徒が木の根元に転《ころ》がっていた。まくれ上がったスカートから突き出した白い脚《あし》から赤い血が流れている。はちきれんばかりの太ももに一本の枝《えだ》が刺さっていた。

〝不注意〟による、同様の事故が、昼休みだけで七件発生。

六時間目には、舗装《ほそう》に大きなひび割れが無数に走り、あちこちが陥没《かんぼつ》をはじめた。

これに至《いた》り、対応の遅い職員会議も、桜並木の全面通行禁止を決定。

それでも怖《こわ》いもの見たさに、わざわざ事故現場に行った野次馬《やじうま》が四人刺され、犠牲者は計十一名に増えた。

保健室は連日の大賑《おおにぎ》わい。保健医の加美山《かみやま》先生は一年分くらい働いた気分だろう。

事件が起きたそばに植《う》えられている桜の木だけが、他よりわずかにその薄紅色の花びらを赤くした。その理由を知らされたのは三人だけだ。

―3―


「そもそも桜の花は人の血で色づくもの、香りは人の血を狂わせるものと、相場が決まっておる」

夜鳥子は目を細めて、教室の窓越しに眼下の桜を眺《なが》めていた。その傍《かたわ》らでは三ツ橋が、いちいちうなずきながら、しきりにメモをとっている。

「それを鎮《しず》めるために骸《むくろ》を根元に埋《う》める地方もある。それが鬼と付き合う、人の知恵というものだ」

どこか懐《なつ》かしむような、ゆったりとした夜鳥子の口調。それが一変した。

「ああ、もぉ！」

我慢していた駒子がついにキレたのだ。

「御託《ごたく》はいいから。宿主《やどぬし》を探さなきゃ。当てがあるなら早く教えてよ」

「探さずともよい。ほれ、あれに」

夜鳥子が指し示したのは、満開の桜並木だ。

「あの中のいずれかに、すでに取りこまれておろうな。人ひとりが容易《ようい》に収まるほどの大木だ。そう数はあるまい」

「今朝、駒子がドロップキックをくれたやつと……。そうだな、五本くらいか？」

「体育館の前にも、でっかいのが生えてるから、全部あわせれば七、八本。とにかくその中の一本が鬼の本体ってわけよね？」

駒子の答を、夜鳥子が鼻で笑う。

「今日、連絡がないまま休んでいる者、それに早退して帰宅していない者。幾人《いくにん》ほどになろうな？」

「おい、それって、まさか一匹じゃねえのか……」

頭を抱えた久遠を尻目《しりめ》に、ここぞとばかりに、三ツ橋がメモ帳のページを繰《く》る。

「師匠、昨日のお話では、昼間は鬼も、あまり派手に動かないんでしたよね？　だったら今のうちに斧《おの》かなにかで切れば、いいんじゃないんですか」

その手があったかと、久遠は顔を上げた。

「それもよかろう。切ってみて、赤き血が噴《ふ》きだせば正解とするか？　儂《わし》はそれでもいっこうに構わんがな」

三ツ橋は、主人に叱《しか》られた仔犬のように小さくなった。

「案ずるな。儂が八匹の鬼を同時に相手にすれば、よいだけのこと。それは任せてもらおう。それよりも問題は……」

そこまで言って夜鳥子は台詞《せりふ》を切った。窓の外に顔を向け、ゆっくりと見渡す。そして桜並木の向こうに見える校庭の一角《いっかく》を指さした。

「陣をこさえるなら、あの辺りがよかろうな。ちょうど丑寅《うしとら》の方角に手ごろな柵《さく》もある」

夜鳥子が選んだ今夜の戦場は、野球のダイヤモンド。手ごろな柵とはバックネットのことだ。

「だが、問題は…………」

常に余裕をかましている夜鳥子が、いつになく言いよどんでいる。

「八匹の鬼、つまり八本の桜の大木を、同時に捕らえる巨大な陣を、あの場所にいかな方法で描くか」

しばらく黙っていた久遠が、なんだ、そんなことか、というように、にやりと笑う。

「石灰の粉を体育倉庫からかっぱらってきて、それで白線を引けばいいんじゃねえか？ベースを目印にすれば案外、簡単に描けると思うし」

「地面にか？　一匹目が踏みこんだと同時に、陣は崩《くず》れるであろうな」

久遠渾身《こんしん》のアイデアは、夜鳥子により瞬《また》く間に無下《むげ》にされた。

「てことはさ、ピッチャーマウンドの近くに鬼を集めて、そのあとに例の魔法陣を誰かが一瞬で描けば……いいのよね」

駒子は、まだあきらめてなかった。走ると跳ぶ以外にあるとすれば、この女の長所は、あきらめの悪さに尽《つ》きる。

「理屈の上ではそういうことだ。だが、さすがの儂も、そんな術は心得《こころえ》ておらん」

夜鳥子はそう言ったあとに、今夜中に桜の幹に取りこまれた者を助けださないと、同化され二度と引き剝《は》がせない、と付け足した。

駒子か、それとも夜鳥子のものか、その口から長く深い溜息が漏《も》れた。

日暮れまで残り二時間、絶望感が漂《ただよ》いはじめた、その時。

沈《しず》んだ空気が読めないのか、三ツ橋が甲高《かんだか》い声をあげて、ぴょんぴょん跳ねる。

「ああ！　あれだ！　見て、見て！　ほら、あれ。あれが、あるじゃないですか！」

三ツ橋が指差した先には、さっき夜鳥子が指差したのと同じ、バックネットがあるばかりだった。

三ツ橋は、ノート型の携帯パソコンを開く。意味を理解できない二人と一人のために、これを使って説明するつもりのようだ。

しばらくすると液晶モニターに、きのう三ツ橋が撮影していた、あの太陽マーク。五重の同心円を十六個の小さな円が花びらのように囲む、日輪ノ陣が映《うつ》しだされた。


――4――

駒子と久遠は陸上部の部室で息を潜《ひそ》めながら、三ツ橋の作業を見守っていた。

三ツ橋は、パソコンのキーボードを信じがたいスピードで叩きまくって、一所懸命、三角関数を使った難しそうな計算を繰りかえしている。

午後八時半。

警察と消防が引き上げたのを確認すると、三人は手はずどおり所定の位置についた。

「じゃあ、十、数えたらスタートするね」

すでに身軽な体操着に着替えた駒子が校門から携帯を入れた。

「了解です。気をつけて」

携帯から聞こえた三ツ橋の声は、少し緊張していた。

駒子は、身をかがめると前方を凝視《ぎょうし》した。

月明かりの中、桜の花だけが宙に浮かんだ白い雪洞《ぼんぼり》のようにうっすらと輝いている。

静かだ。何も聞こえない。駒子の心臓の鼓動《こどう》以外には。

十、九、八、七……。

陽が落ちて成長は止まったものの、見慣れた並木道は、ちょっとした森の様相《ようそう》だ。

今朝は乗用車がすれ違えた道幅は、いまや人ひとりがやっと通れるくらいに狭《せば》まっている。駒子が走るために、わざと残されたランニングコースのようにも見える。

六、五、四……。

駒子の得意種目は、四〇〇メートル障害。いつか一分を切るのが夢だ。

スタート前にいつもやるように、駒子は今夜のコースを頭の中に描く。

校門から新校舎の入り口までが直線で二〇〇メートル。そこで左に折れ、体育館の前まで残り一〇〇メートル。あとはグランドに飛び降り、ピッチャーマウンドがゴール。
三、二、一、ゼロ。
駒子は、クラウティングスタートから一気に加速した。

駒子の進入を待ちわびていたかのように、薄紅色のトンネルが蠢《うごめ》きはじめた。


びき、びき、びき。ずりゅ、ずりゅ、ずりゅ。

ものすごい勢いで伸びる枝と根が、駒子の頭上と足下《あしもと》から迫っていた。

枝は駒子の背を貫《つらぬ》こうと企《たくら》み、根は足にからみつき転倒を狙《ねら》っている。

可憐《かれん》に散る花びらさえも、駒子の口や鼻をふさいでやろうと悪意を持って舞う。

駒子の前方では、巨人が両の手のひらを合わせるように、次第に路《みち》が閉じていく。

突然、七メートルほど先、つまり駒子の三歩先、一秒後に通過する地点、その地面に亀裂《きれつ》が入った。アスファルトが盛り上がり、太い根が地表に勢いよく跳ね上がる。

見計らったように、その上から鋭《するど》く尖《とが》った枝が何本も覆《おお》いかぶさる。根と枝のあいだ、隙間《すきま》はわずか五〇センチ。

駒子に残された空間は、腰の高さに浮かぶ、蓋《ふた》と底がない大きめの段ボール箱の穴。

その内側に細い杭《くい》が一〇本ほど突き出ている。ちょうど、それくらい。

だが、駒子に躊躇《ちゅうちょ》はない。

――いける。かなり余裕がある。頭の高さだけ注意すれば、楽勝だ。

むしろ不安があるとすれば、踏み切り足の合わせ。

――大丈夫。毎日練習してきた。一歩で二センチずつ修正すれば間に合う。迷うな。体に刻《きざ》まれた記憶に任せろ。

駒子は自分にそう言い聞かせると、頭の中に某《ぼう》人気アイドルグループのヒットソングを流す。今年の夏、駒子が編《あ》みだした、踏み切り足を合わせる裏技だ。

高校になると、ほとんどの女子選手は、ハードルとハードルの間、三十五メートルのインターバルを十五歩で走るようになる。だが、平均身長に満たない駒子には、それができなかった。選手として致命傷《ちめいしょう》だった。

だが、駒子はハードルをあきらめようと思ったことは一度もない。好きだった。

だから毎食毎食、牛乳を飲みまくって一年間で三センチ三ミリ背を伸ばした。

その貴重な三センチ三ミリに、人並みはずれた練習量を強引にプラスして、今年の夏、やっと人並みの十五歩で走れるようにした。

ただし駒子の十五歩は、ほとんど余裕がない十五歩だ。少しでもリズムを乱した瞬間、すべてが崩壊《ほうかい》する。

だから八拍子の二回目、最後のタン！で、次のハードルを確実に越えなければならない。夏休み中、それだけを何千回と練習してきた。大丈夫。迷うな。自分を信じろ。

タ、タ、タ、タ、タ、タ、タン！

右手と左脚を突き出し半身を折りたたむ。右脚の付け根を骨盤《こつばん》にねじり入れるように引きつけ、一気に抜く。

よし！　着地も完ぺき。

一瞬ほっとした駒子が、前触《まえぶ》れもなく体勢を崩し、つんのめった。何とか踏《ふ》ん張《ば》る。

地面が揺《ゆ》れている。花びらが吹雪《ふぶき》のように舞う。

続いて左右の耳に、何かを引きちぎるような異様な音が飛びこんできた。

ぐぎぐぎ、ぶちぶちぶちぶちぶちぶち……。

スピードを緩《ゆる》めず軽く頭をふる。

桜の巨木が、花びらを散らしながら、ぶるぶると震えていた。

太い幹には醜《みにく》い顔が浮かんでいる。穴のような瞳《ひとみ》のない目。その目と、目が合った。

凄《すさ》まじい形相《ぎょうそう》でこちらを睨《ね》めつけながら、自《みずか》らの根っこを地面から引き抜こうとあがいている。

ぐぎぐぎ、ぶちぶちぶちぶちぶちぶち……。

「案ずるな。きゃつら、歩きなれてはおらん。足の速さはこちらが上」

耳の奥に夜鳥子の声が響く。

ずぐぐ………、ずぐぐ………、ずぐぐ………。

ついに桜の行進が始まった。


—5—


「桂木さんが、そちらから確認できますか？」

久遠が手にした携帯から、三ツ橋の上ずった声が聞こえた。

「えーっと、一、二、三……。今のところ三本、引き連れて、こちらに爆走中の模様」

久遠の位置からは、ざわざわと動きだした桜並木のてっぺんだけが見えていた。だが、一番騒ぎの派手な場所が駒子の現在位置であることは間違いない。そのポイントは猛スピードでこちらに向かって移動している。

「うわっ！」

「どうしました？　大丈夫ですか？」

「と、と、と。ちょっと揺れた。問題なし。あ、今、目の前を通過。追っかけが四本に増えた」

駒子の姿が満開の桜の切れ目に一瞬だけ見えた。

リズムに乱れはない。あの調子なら大丈夫そうだ。

なんだよ、あいつ……、かっこいいじゃん。いいぞ、いけいけー！

「タイミングを指示してくださいね」

三ツ橋の声に久遠は我に返る。

「お、おう、任せとけ」

その時、桜並木の下から駒子の悲鳴が連続して二度、聞こえた。

駒子のほうからも、グランドの角を曲がる時に、久遠が一瞬だけ見えた。

バックネットの上に不安定な姿勢でまたがっている。

――落っこちたりしないでよね。もうすぐ行くから。

久遠を見上げ、足下から目を離した、その一瞬の隙《すき》を一本の根が逃《のが》さなかった。

右脚にまきついた根が、駒子を中空にさらい、逆《さか》さ吊《づ》りにした。体操着が胸の近くまでめくれた。

「きゃあああ」

その悲鳴を聞きつけたように、周囲の枝が駒子に向かって、四方から押し寄せる。

どこを貫いてやろう、胸か、腹か、尻《しり》か。それとも目を抉《えぐ》られたいか。

無数の枝が、品定めするように駒子の肢体《したい》を取りまいた。

時間をかけていたぶるか、一気に貫くか。

腹を減らした野犬の群れが、互いに牽制《けんせい》しつつ、様子をうかがっているようだ。

「うわっ、やめてぇ」

駒子の叫びに我慢しきれず最初の枝が動いた。その鋭い切っ先を正確に駒子の乳房《ちぶさ》に向ける。

「うつけめが。来い、潮丸《うしおまる》!」

夜鳥子の怒声《どせい》に呼ばれて、駒子の右上腕《じょうわん》からぷつぷつと現れた小さな蟹《かに》たち。それが見る間に駒子の右手に巨大なハサミを形づくる。

じょぎり。

駒子の脚を捕らえていた太い根が、簡単に切断された。

「痛ぁ」

駒子は地面に叩きつけられ、肩と背中をしたたか打った。その右腕からは、すでにハサミは消えている。

「走れ!」

夜鳥子に促《うなが》されるより早く駒子は立ち上がり、再び走り始めた。

その後ろを、すんでのところでお預けを食った、無数の枝が追いかけていく。

久遠は、再び桜並木のざわめきが移動し始めたのを見て、胸をなでおろした。

ふと見ると、体育館わきの桜の大木が二本、駒子の行く手に向かい、ゆっくりと動いていた。

——ちくしょう！　挟《はさ》み撃《う》ちにするつもりだ。

「駒子！　前だ。前にもいる！」

久遠は、あらん限りの声を振りしぼった。


走る駒子の耳に、久遠の絶叫《ぜっきょう》が届いた。

——前？　前って何よ。

その意味がすぐに駒子にも、わかった。

新たに出現した二本の大木が前方を完全にふさいでいる。

路が、路がない。駒子の足が止まった……。


叫んだ久遠にも災難が迫っていた。

声を聞きつけた枝たちが、久遠を新たな獲物と認識したのだ。

バックネットに取りついた枝が、音もなく這《は》いあがっていく。

「左に飛びこめ」

今にも悲鳴を上げそうな駒子の口が、駒子に命じた。

だが、左を見ても桜の枝と根に埋めつくされ、蟻のはいでる隙もない。

——あぁ、もぉ、どうにでもしてよ。

駒子は意を決し、顔を両腕で覆うと、左の茂みに身を躍《おど》らせた。

予想通り、凶暴な無数の枝と根が、牙《きば》をむいて待ちかまえている。

駒子の体を鋭い枝が刺す。次々に刺す。

茂みをぶち抜き、駒子の体がグランドに転がり出た。

だが、不思議なことに、その体のどこにも大した傷はない。

狐《きつね》につままれた気分で立ち上がった駒子の足下に、ばらばらと落ちるものがあった。

甲羅《こうら》を割られた数百匹の小蟹だ。

——潮丸？　守ってくれたんだ。ありがとね。

「式に礼などいらん」

夜鳥子のそっけない声が駒子のケツを叩いた。

目指すピッチャーマウンドは、もう目の前だ。駒子はまた走り出した。

―6―


「駒子が来た。倒れてる。あ、あ、あ、た、立ったぞ！　また走り出した」

三ツ橋は、携帯電話から流れる久遠の興奮した声を聞いて安心する。

「タイミングを間違えないで。有効範囲はダイヤモンドの内側だけですよ」

「オッケー。オッケー」

三ツ橋は震える指を小さな突起《とっき》の上に静かに置いた。

久遠から、ピッチャーマウンドに立っている駒子のシルエットだけが見えた。

一塁《るい》方向と三塁方向から三本ずつ、計六本の桜の巨木が、ずりずりと駒子に近づいている。

――あいつら、足、おせーな。さっさと来いよ。

久遠は作戦会議の時、夜鳥子とかわした会話を思い出していた。

「今回もきのうみたいに、ドカンとやるのか？」

「舞《まい》か。あれは狭い場所で使ってこその武器」

「じゃあ、ハサミで、ちょきん？」

「潮丸は、複数の相手に向かん」

「あ、蜘蛛《くも》だな。あれで刺すんだろ？」

「突けば、中の人間も死ぬぞ」

「じゃあ、なんだよ」

「貴様には関係ない」

あいつ、いったい、何をやらかすつもりだ？

あんれ？　駒子のやつ、マウンドに腰を下ろした。すんげえ余裕。

駒子を見ていた久遠は、足下まで伸びてきた枝に、まだ気づいていない。

「尻《しり》を出して屈《かが》め。小便《しょうべん》する要領《ようりょう》だ」

ピッチャーマウンドに到着するなり、夜鳥子が言った。

「そんなの死んでも、やだ」

「……ああ、安心しろ。この闇では普通の人間には見えはせん」

駒子は仕方なく、ブルマーを下ろしてしゃがみこんだ。

「百爺《ももじー》」

夜鳥子が言い終わらぬうちに、駒子の後ろから何か長いものが、じゅるりと、抜け出した。

「うわ、うわ、うわ。ちょっと待って。な、なに、今の？」

「用心だ。さ、もう立て。そろそろ客人《きやくじん》もご到着の様子だ」

六本の桜の巨木が、ダイヤモンドにゆっくりと踏《ふ》みこんだ。


三ツ橋は、携帯を耳に当てたまま、久遠の指示を待っていた。

「もう少しだ、あと一本。いいか、まだだぞ……。よし、今だ。ゴー！」

三ツ橋が、スイッチを押そうとした瞬間、

「わっ、やめろ！　離せ！」と携帯の向こうで久遠が叫んだ。

「え、どっちなのよぉ……？」三ツ橋は泣きたくなった。


駒子は焦《あせ》っていた。

六本の巨木が内野に集合したにもかかわらず、何も起きなかったからだ。

「どうやら、しくじったようだな。他人など信じるから、こんなことになる。仕方あるまい。今回は儂のやり方で……」

「だめよ！！！！」

駒子の勢いに、夜鳥子が気圧《けお》された。

ピッチャーマウンドを、六匹の桜の精がすっかり取り囲んでいる。

久遠の足を数本の枝が捕らえたのは、三ツ橋に「ゴー！」の指示を入れた瞬間だ。

「わっ、やめろ！　離せ！」

バックネットの上で、久遠と枝との格闘が始まった。

「え、どっちなのよぉ……？」

携帯電話から、混乱した三ツ橋の声が漏れた。

その時、久遠の足をつかんでいた枝から、急に力が抜けた。

続いて人面《じんめん》の長虫《ながむし》が、枝をくぐりぬけて顔を出した。皺《しわ》くちゃの老人の顔だ。

「旦那《だんな》、オンナを待たせちゃ、いけませんぜ」

「む、虫が喋《しゃべ》った！」

驚いてバランスを崩《くず》した久遠の体を、虫が体をくねらせ器用《きよう》に支えた。

「旦那、あっしのことは、いいから。仕事をすませなせえ」

はっ、と我に返った久遠は、携帯電話に叫ぶ。

「三ツ橋、押せ、押せ、押せ！　早く押せ！」

—7—

バックネットの上に設置されたナイター用の照明に、たった一つ、灯《ひ》が点《とも》った。

ダイヤモンドが、こうこうと照らし出される。

同時に一塁、二塁、三塁、ホームベースを包む、巨大な日輪ノ陣が浮かび上がった。

「ほぉ、間に合わせたか」

その真ん中で、夜鳥子は、笑いだしそうになるのを懸命にこらえていた。

ポニーテールを解《ほど》く。スパイクを乱暴に脱ぎ捨て、素足《すあし》になる。

「虚《うろ》！　久しぶりに興《きょう》が乗った。今宵《こよい》は舞うぞ。付きあえ！」

駒子は両足に妙な違和感を感じた。何か大きなうねりが、太ももから、つま先に向かい、窮屈《きゅうくつ》そうに脚の中を抜けていく。

その瞬間、視界の上下が入れ替わった。そして世界が激しく回りはじめた。

駒子の脚は、大きくのたくりながら、ぐいぐいと伸びていく。その長さは駒子の身長の三倍はあるだろう。

意識を失う寸前、駒子は自分のつま先に、二つの頭が見えた気がした。

久遠は人面のムカデと一緒に、この様子をバックネット上段から観戦していた。

「うちのお嬢の舞いを生きてるうちに見られるなんて、旦那は果報者だ。あの世に行っても自慢できるってもんでさ。けけけけけ」

人面ムカデが、歯のない口をあけて嗤《わら》った。

夜鳥子は、ピッチャーマウンドに立っていた。

最初にひょいとトンボを切ると、そのまま逆立ちし左右の脚を水平に広げる。

続いて地面につけた手のひらを入れ替えながら体を旋回《せんかい》させる。

回転が速くなるにつれ、両脚は長く伸び、ついには五メートルを超える二頭の大蛇《おろち》に変じた。

「百爺、そやつらを押さえておれ」

夜鳥子の怒声がバックネットの上に届くと、人面ムカデは、いそいそと久遠に辞去《じきょ》の挨拶《あいさつ》をした。

「体をちぎって陣を組めだ、柵《さく》の上の男を見て来いだ、こんどは押さえてろってかい？今日のお嬢は、人使いが荒いねぇ。じゃあ、旦那、あっしはこれで」

——体をちぎって陣を組め？　どういう意味だ？　陣と言えば日輪……？

久遠の脳裏《のうり》に生じた疑問は、目の前の光景に圧倒され、一瞬で消えてしまった。

おそらく夜鳥子が呪文《じゅもん》を唱《とな》えたのだろう。今まで、地面にぼんやりと映し出されていた日輪ノ陣が、鮮《あざ》やかな光を放つ。

ダイヤモンドをすっぽりと囲む直径四〇メートルの、巨大な日輪ノ陣。

地面から立ち上がる、神々《こうごう》しく力強い光。

その光を浴《あ》びると、桜の動きが一瞬、止まった。

六本の桜の巨木が作る、淡いピンクの小山の間から、花びらを盛大に巻き上げて浮上してくるものがある。

それは巨大な竹トンボ……。

いや、両脚を左右に広げ、腕は頭のほうに伸ばし、逆立ちしたまま、高速で回転する夜鳥子だ。

夜鳥子の舞は、縦横無尽《じゅうおうむじん》どころか上下にさえ制約《せいやく》がないらしい。

ダンスの相手を変えるように、桜木の間を優雅《ゆうが》に移動していく。

ただし、聞こえてくる音のほうは、優雅と言うには、ほど遠い。

ごつっ、ごつっ、ごつっ、ばきばきばきばき。

双頭《そうとう》の大蛇に変じた夜鳥子の二本の脚は、当たる物すべてを粉々《こなごな》に砕《くだ》く。

そのたびに火花が飛び散り、桜の枝が、幹が、容赦《ようしゃ》なく砕かれ、削《けず》りとられる。

桜の精たちは、呻《うめ》く。夜鳥子の攻撃に耐え切れない。

苦しそうに、口のような洞《ほら》から、樹液《じゅえき》にまみれた人間を吐《は》き出した。

根を引きずり、最初に逃亡を試《こころ》みたのは、大木の中でも、ひときわ立派な桜だ。

だが、思うように動けない。無様《ぶざま》にバランスを崩す。

そしてあろうことか、今しがた吐き出した人間の、顔の上に倒れこんだ……。

久遠は思わず、凄惨《せいさん》な光景を覚悟《かくご》した。

だが、どうしたことだろう。地面に転がっている人間の息がかかるほどの、わずかな距離を残し、大木は不自然な角度でぴたりと停止した。

それればかりか、倒れかかっていた大木が、起き上がり小法師《こぼし》のように、ひょいと元通りに立ち上がったのだ。

その離れ技をやってのけたのは、地中から伸びた細い鎖《くさり》。

いつ現れたのか、桜の根元を地面に縛《しば》りつけている。

その正体は全長二〇メートルを超える大ムカデの胴体だ。

桜の精は、いまや逃げることも、倒れることとさえも許されない。

久遠は木が泣いているのを初めて見た。幹に開いていた目のような二つの穴から、血涙《けつるい》の代わりに、赤茶けた樹液をだらだらと垂れ流している。

久遠には、それが必死で命乞《いのちご》いをしている哀《あわ》れな巨人に思えた。

だが、その無抵抗の大木たちを、あるいは、その生まれてきた意味さえも、夜鳥子の逆立ち舞が、容赦なく蹴《け》散《ち》らしていく。

ごつっ、ごつっ、ごつっ、ごつっ、ばきばきばきばきばき。

ついに、六本の桜木は、その根元と花びらだけを残し、木屑《きくず》となった。

あとには、地理の大谷教諭以下、行方不明になっていた六名の生徒と教職員。それに加え、目を回した駒子一名が倒れていた。

その股間《こかん》に、人面のムカデが顔を出した。

「あーぁ、あの男を助けなきゃ、あっしの勝ちだったのに……。お嬢、今日の賭けはチャラですぜ」

そうつぶやくと、一瞬でどこかに消えうせた。


—8—


「おい、平気か？」

バックネットから降りてきた久遠は、グランドに大の字になったままの駒子に声をかけた。

「気持ち悪ぃぃ…………」

まあ、そうだろう。五分かそこらとはいえ、逆立ちしたまま何百回も、ぶん回されれば、当然の結果だ。

「それで、片づいたのか？　桜の精ってのも、やったのか？」

「安心せい。あれは本来、春の鬼。秋風に当たれば消える。しょせん、一夜の夢よ」

こっちの人は、憎らしいくらい、いつものペースだ。

そこに三ツ橋が、噂のFカップを景気よく揺らしつつ、息をきらして走ってきた。

「計算、間違ってなくて、よかったです」

三ツ橋の言う計算とは、ナイター用のライトの前に貼りつけた日輪ノ陣の変形比率のことだ。

久遠が登って測ったバックネット上段の照明から地面までの高さ。メーカーのホームページで見つけたナイター用ライトの光の拡散率《かくさんりつ》。それに世界的に統一されているダイヤモンドの大きさ等など。

三ツ橋は、これらの得られた情報を総動員して、地面に映る日輪ノ陣が、できるだけ正確な円になるよう、何度となく計算を繰り返した。

そして最後に、正円からはほど遠く、すでに楕円《だえん》ですらない、有機的な図形をモニター画面に描いて見せた。

そのいびつな図形を三ツ橋が慎重《しんちょう》にトレースし、久遠が細心の注意を払い、水平垂直を幾度《いくど》も確認し、ライトの前に固定した。

三ツ橋は「大丈夫」と言った。でも、やってみるまでは不安だったのだろう。なにせ、ぶっつけ本番だ。うまくいったのは半分以上、運だったかもしれない。

「それにしても、これ、どうしましょう？」

三ツ橋が、大量の木っ端《こ ぱ》と、六本の巨大な根っこ、それに意識のない六人が散乱したグランドを見渡した。

「とりあえず人間だけ校庭から運び出せ。あとは虚《うろ》にやらせる。それから久遠。この女に肩を貸せ。まだ目を回しておる。おっと、駒子の宝物も忘れるなよ」

夜鳥子が指さした先には、駒子のスパイクシューズが転がっていた。

二〇分ほどかけて、何度か往復し、今は動かなくなった桜並木の下に、駒子と六人を並べ終えた。

久遠が振り向くと、グランドでは〝掃除《そうじ》〟が始まっていた。

双頭の大蛇が、月明かりの中、鈍色《にび》の巨体をうねらせ、グランドを泳いでいる。大きな口を開き、次々にゴミを呑みこんでいく。

——あ〜、ピッチャープレートまで食っちまいやがった……。

二つ頭の大蛇が残らず食ったおかげで、グランドのほうは、あらかた片づいた。

残った問題は、桜の大木が根っこごと抜けて、ぽっかり空いた六つの穴と、桜の中から救出した六人を、ごまかす言い訳をどうするかだ。

バカが唐突《とうとつ》に言う。

「〝桜泥棒〟なんて、どぉ？　そうね、えーっと、うちの学校の立派な桜を盗もうとしていた犯人が、この六人にたまたま目撃されて、ロープかなにかで縛《しば》ってどこかに閉じこめるのよ」

——おいおい駒子、おまえ、まだ目が回ってるだろ。

「そういえば、さっき体育用具室に虎縞《とらじま》のロープがありましたよ。目隠しと猿ぐつわにピッタリの、たすきや、はちまきも。あ、体育用具室がいいんじゃないですか、監禁《かんきん》場所」

——三ツ橋まで賛成してるし……。

「ふむ、名案だな」

——って、決定かよ！

第四章　水《みず》虎《とら》——木曜日

百爺【ももじー】
腸の内壁に宿る百足の式神。召喚の形態は単独と、夜鳥子《ヌエコ》の鞭となる二種がある。人語を話す。

―1―


木曜日。少女は走っていた。

真夜中のプールサイドを。

ポニーテールを背で跳《は》ねあげ、水滴《すいてき》を飛ばしながら、両の手を振って、命懸《いのちが》けで。

右の二の腕《うで》に蟹《かに》、同じく左に蛾《が》、両の腿《もも》に双頭の大蛇、背には蜘蛛《くも》の刺青《いれずみ》。胸には「2―2　桂木《かつらぎ》」と書かれた白い布が見える。

今夜、駒子《こまこ》が身に着けているのは、紺色のスクール水着のみ。

月明かりをたよりに水面を覗《のぞ》きこむと、不安そうな影《かげ》が映っている。

深呼吸を一回。

駒子は二、三歩あとずさると、助走をつけて勢いよく足から飛びこんだ。

大きな音を立てて、派手な水しぶきが上がった。

水中でその音を聞いた者がいる。だが、その姿はどこにもない。

駒子は少しの動きも見逃《みのが》すまいと、暗い水面を凝視《ぎょうし》する。プールサイドから久遠《くどう》も懐中電灯で水面を照らす。

「あれだ！」

久遠の懐中電灯が何かを捉《とら》えた。

プールの中央で、わずかに水が持ち上がっている。その刹那《せつな》、刃物のような鋭い波が立ち上がる。それが駒子を目指し、一直線に向かってくる。その距離八メートル。

——速い。

駒子は排水溝《はいすいこう》に手をかけ、勢いよく上半身を乗り出し、右脚を引き上げる。

久遠が慌《あわ》てて、駒子の右手をつかみ、引っぱり上げる。

左脚《あし》を抜こうとした、その時、何かが、左脚を鷲《わし》づかみにした。

「うぁ！」

駒子が思わず声を上げる。

引っぱられる。水中に引きずりこまれる。

駒子は、歯を食いしばり、必死で右足を踏《ふ》ん張《ば》る。久遠も駒子の右手を放すまいと手に力を入れる。

「放せ、馬鹿者！」

突然、久遠の手は払いのけられ、代わりに駒子の左手が久遠の腕を、がしっとつかんだ。

「潮丸《うしおまる》！」

自由になった駒子の右腕に、見る間に生じる巨大な蟹バサミ。

上半身をひねると、駒子の左脚の周辺を、でたらめに突く。突く。突く。突く。

四回目の突きに、わずかな手ごたえ。ふっと左脚が軽くなる。

勢いあまった駒子の体が、しりもちをついた久遠の上に飛びこんだ。

目の前で、あえぐ駒子の濡《ぬ》れた胸を気にしつつ、久遠が訊《たず》ねた。

「大丈夫かよ？」

「大丈夫じゃないかも……」

見れば、左脚のふくらはぎに四本の爪《つめ》あと。無残《むざん》に皮が引き裂《さ》かれ肉が覗いている。

悲鳴をあげかけた駒子の口を借り、夜鳥子《ヌエコ》が命じた。

「来るぞ、走れ！」

立ち上がった駒子と久遠の背後で、ざざっと水音がした。

びた…………、びた…………。

わずかに水滴が落ち、プールサイドに小さな染みを作る。何かがそこにいる。

——だが、その姿はどこにもない。

—2—

例によって、時間は前日にもどる。

水曜日の夜、午後九時半。駒子、久遠、三ツ橋《みつはし》は、まだ学校にいた。

今夜の騒動を〝桜泥棒〟の仕業《しわざ》に見せかけるためだ。

体育用具室に六人を運び、適当に縛《しば》りあげ、三ツ橋発案の目隠しと猿ぐつわをし終えた時、バカがまた、とんでもないことを思いつく。

「被害者のリアルな証言が欲しいわねぇ。ねぇねぇ、Q《キュー》。あんた犯人やって」

——俺？　俺が犯人？

それから駒子は、かなり荒っぽいやり方で、六人全員を順番に起こして回った。

何が起きているのか、わからずパニクっている六人相手に、久遠は鼻をつまみながら脅《おど》しをかける。

「あー、ワタシは、桜泥棒ネ。えー、桜を盗んでるとこ、ユーたちに見られたネ。えー、そうそう、ジャパンの桜、とてもビューティフル。アラブの王様が一億円で買うのだネ。あー、だから、その、命だけは助けてやるから、警察にそう言え、じゃなくて言うな、ですのよネ」

——最後はおねえ言葉。それになんだよ、アラブの王様ってよぉ……。

だが、六人全員が、こくこくとうなずいている。

その様を見届けると、夜鳥子がまた例の舞《まい》とかいう白い蛾を呼び出し、全員を眠らせた。二、三時間は目覚めないらしい。おまけにここ数日の記憶も混乱するんだとか。

まったく便利な蛾だ。


「焼肉だ！　焼肉、焼肉、焼肉帝王！　焼肉、焼肉、焼肉帝王！」

駒子があまりにしつこく連呼《れんこ》するので、今夜の晩餐《ばんさん》は〝焼肉帝王〟に決まった。

焼肉帝王というのは、隣《となり》の駅にある「御一人様、三〇〇〇円食べ放題」が売りの焼肉チェーン店だ。

「前から思ってたんだけどさ、この店の看板、ヘンだよね。だって牛がコックの格好してステーキの載《の》った皿を持って、にっこり……なんて、ありえないって」

——あのなぁ、ありえないのは、カルビとロースを八人前、レバーとタンを四人前ずつ平らげて、なお箸《はし》の勢いが止まらない駒子。おまえのほうだ。もう慣れたけど。

厨房《ちゅうぼう》から店長らしき人物が、怪訝《けげん》な表情で、ちらちら見ている。

駒子の見事な食べっぷりを、なぜか楽しそうに眺めていた三ツ橋が口を開いた。

「うらやましいなぁ、桂木さん。いつもたくさんの珍しい生き物に囲まれてて」

——あの怪物《かいぶつ》たちも、生き物大好きの許容範囲《きょようはんい》なのかよ、三ツ橋？

「冬服は、さすがに暑いよ」

——いや、そういう問題じゃないだろう、駒子。

「ああ、でも、これから寒くなりますし……」

駒子が山盛りのカルビを載せたサンチュを口に放《ほう》りこむ。

「あ、なるほろ、そうらね」

——いや、だから………もうツッコミを入れる気力もない。

それを飲み下すと、夜鳥子が妙なことを言い出した。

「さても、おもしろい女子《おなご》よな。まあ、今日の褒美《ほうび》に、そのうち、貴様にも一度、式をつけてやろう」

「師匠《ししょう》！　本当ですか？」

三ツ橋の目が、きらきらと輝いた。

「ほんなことも　えきるんだ。えも、大丈夫《らいじょぶ》らの？」

駒子はホルモンを、くちゃくちゃ噛《か》んでいたが、面倒くさくなったのか、途中で飲みこんだ。

「おとなしいやつなら、一日やそこらはもつ」

「で、一日過ぎたら、どうなるんだ？」

久遠が思わず、問うた。

「憑《つ》かれるであろうな。儂《わし》の式神も元は鬼。それも、ここにおるは同族を手にかけた、はぐれ者ばかり」

「じゃあ、身寄りも帰る家もないんですか？　お気の毒に……」

三ツ橋は、ハンカチで目頭《めがしら》を押さえながら、洗面所に走っていった。


どんどんあらぬ方向に暴走していく三ツ橋に、久遠は不安を覚えた。三ツ橋が洗面所から戻ってくる前に、何とか話題を変えようと試《こころ》みる。

それにしても今日の夜鳥子は、やけに饒舌《じょうぜつ》だ。いつにも増して気味が悪い。

「あー、ところで。さっきグランドの掃除してたやつだけど、駒子の脚にくっついてグルグルやってたのも、おととい俺を食ったのも、同じやつだろ？　ありゃ、いったいなんなんだ？」

「さあな、あれのことは儂も詳《くわ》しくは知らん。便利ゆえ置いてやってるだけ。ただ、虚《うろ》というくらいだ。あれの胃袋はどうやら幽冥《ゆうめい》に通じておるようだ」

「ユーメイ？？？」

夜鳥子は、訝《いぶか》しげにキムチの臭《にお》いをかいでいる。

「そういえば……、帰ってきたのは、貴様が初めてか」

——なんか今、こいつ、なにげに怖《こわ》いこと、ほざいたような。

「それと、見るたびにサイズがぜんぜん違う気がすんだけど、ＳＭＬがあるとか？」

意を決したように、夜鳥子はキムチを口に放りこむ。

「尻尾《しっぽ》にもう一つの頭《かしら》が見えたであろう。あっちを襤褸《ぼろ》という。虚が襤褸を呑みこむことで、自在に大きさを変じるようだ」

「そ、そりゃ……、すげえ……」

夜鳥子の表情が急に険《けわ》しくなる。

「うっ……、ああ、あれが敵に回った時、どうやって倒すか……。なんとも難儀《なんぎ》なことよ」

顔をしかめた夜鳥子に代わり、駒子が続ける。

「あれ、辛《から》いの苦手なんだ？　ねえ、ねえ、舞《まい》だっけ。あの奇麗《きれい》な蛾は？」

駒子が氷水を口に含《ふく》むと、夜鳥子はやっと人心地《ひとごこち》ついたようだ。

「あれが一番、始末に悪い。あれは一度飛び立てば帰ることはない。必ず死ぬる。同じに見えて毎回、別の式なのだ」

「うそ……。そんなに、はかない命だったなんて……」

いつの間にか戻っていた三ツ橋が、鼻をかみながら、また席を立った。

それを見送ったあと、声をひそめて夜鳥子が続ける。

「実はな、一匹がやられると次のやつには、その敵を害《がい》する毒が生じる。つまり、あやつは戦うたびに強うなる。ゆえに、あまり使いたくはないのだ」

久遠が、唇《くちびる》を尖《とが》らせ鼻にしわを寄せる。

「……敵に回った時、倒すのが難儀だからか？」

「そういうことだ」

久遠は、ウーロン茶をごくごく飲み干し、コップを乱暴に置いた。

「いったい何なんだよ、おまえら。絶対まともじゃねーぞ。俺には、さっぱりわかんねーよ。鬼、式神、それにあんた。いったい何、考えて生きてんだ？」

夜鳥子は、皿に一切れだけ残っていたレバ刺しを、いとおしそうに見つめている。

「久遠、そこなる牛の肝《きも》を見よ。貴様は、この牛の名を知らぬ。どのように生まれ、死んだかを知らぬ。喜びも悲しみも知らぬ。それが人の理《り》」

「いや、だって、そんなの、いちいち気にしてたら、生きてらんないって」

夜鳥子はレバ刺しを口に入れると、レバ刺しに向けたのと同じような眼差《まなざ》しで、久遠を捉《とら》える。

「それで構わぬ。だがな、式神には式神の理があり。鬼には鬼の理がある、ということだ。ま、今の口上《こうじょう》はクソ坊主《ぼうず》の受け売りだがな。ふふふ」

何を思い出したか、夜鳥子が思い出し笑いをした。

久遠は、何がなんだか、わからない。だが、一番わからないことが何かはわかる。

「じゃあ、訊《き》く。夜鳥子、あんたの理は、なんなんだよ！」

「ふ、訊いてどうする？　儂が敵に回った時、どうやって倒すか、参考にするか？」

——あんたのこと、あんまし好きになれないけど、別にそこまでは……。

「よかろう。貴様にならｓ斬《き》られてやろう。抵抗《パパママ》は一切すまい。ただし間違っても駒子を傷つけぬようにな。これは桂木の一人娘。父母が嘆《なげ》く」

夜鳥子が壁の時計をちらりと見た。おそらく時間を確かめたのは駒子のほうだ。

「さて、そろそろお開きとするか」

上機嫌のまま、夜鳥子が立ち上がり、同じく上機嫌の駒子に変わる。

「今夜は、夜鳥子のおごり～！」

その時、三ツ橋が、恐縮《きょうしゅく》した顔で洗面所から戻ってきた。

「あの、それなんですけど……、店長さんが今日のお代はいらないから、これきりにしてくれと。それからこれも」

三ツ橋が茶封筒を差し出した。中には万札が一枚、入っていた。

—3—


日付は変わって木曜日、午前一時。

やっと宿題をすませ、駒子は自室のベッドに潜《もぐ》りこんだ。

「ねえ、今日、なんだか楽しそうだったじゃない？」

天井の闇に向かって独《ひと》り言をいう。

「儂は、生まれてこの方《かた》、ずっと一人でやってきた」

「まあ、憑かれた人ごと鬼を斬るだけなら、あれだけ強いんだもん。一人で楽勝だよね。まあ、私も毎日、あ、死んだかも？　と思うほど大変だとは、実は予想してなかったんだけどさ。でもね……」

「皆《みな》まで言うな。わかっておる。まあ、そういうわけで、儂は今まで、他人を頼りに仕事をしたことが、なかった。それで、なんと言うか、今日のようなやり方も………悪くはない」

「ああ、そうなんだ」

納得したのか、駒子のまぶたは、ゆっくりと閉じた。だが、すぐにまた開いた。

「儂からも、一つ訊いておきたいことがある。久遠のことだ」

「なによ、やぶからぼうに」

「おぬし、あれを慕《した》っておろう？」

「べーつに。やだなぁ、Qとは、そういうんじゃないって。ただの幼なじみ。あっちだって、きっと同じようなもんだよ」

「ふ、好きでもない女のために、命がけの鬼切りに付きあうか？　まあ、久遠の気持ちは、この際どうでもよい。問題は貴様だ。おぬし、あの男が絡《から》むと頭に血がのぼる。判断が甘《あま》うなる。それに気づいておるか？」

「え、そんなことないって。絶対そんなこと、あ、り、ま、せ、ん」

「鬼と対峙《たいじ》した時くらい、何ものにも気を奪われるな。儂が言いたいのは、それだけだ」

「いや、だからさ、誤解してるってば。ねぇ、ちょっとぉ……」


　久遠は何ものかに追われ、懸命に走っていた。突然、何かに足をとられ転倒した。足に人面のムカデが取りついていた。

　足音が近づいてくる。振り向くとそれは夜鳥子だ。額《ひたい》には二本の角《つの》。

「貴様に儂が斬れるかよ。笑止《しょうし》！」

　夜鳥子の右腕に巨大なハサミが現れる。久遠の首を挟《はさ》む。

「や、やめろ！」

じょぎり。じ、じ、じ、じ、じ……。
ベッドから飛び起きると、傍《かたわ》らで目覚まし時計が、けたたましく朝を告げていた。
久遠は動悸《どうき》が治まるのを待って、学校へ行く支度《したく》を始めた。

昨日と同じく駅から学校までは、駒子と同道。きのうと違ったのは、駒子が大きなマスクをしていたことくらいだ。風邪《かぜ》かと訊ねたら、出がけにママからニンニクくさいと注意された、と目が笑った。

学校は、まあ、予想どおり混乱していた。おとといの謎《なぞ》の爆発に続き、昨晩は〝桜泥棒〟。進路相談室は、急ごしらえの取調室《とりしらべしつ》になり、監禁《かんきん》されていた被害者六名に対する事情聴取《じじょうちょうしゅ》が続いている。

ちなみに犯人は、東南アジア系の密輸《みつゆ》グループと思われる男女二人組。女は凶暴《きょうぼう》で、男のほうは頭が温《ぬる》そうだったと、全員が証言しているらしい。

朝のホームルームの内容を要約《ようやく》すれば、ここ数日おかしなことが続いているが、それに惑《まど》わされることなく、通常どおり勉学に勤《いそ》しめ、以上終わり、ということだ。だが、学内には刑事、外には記者が大挙《たいきょ》している状況では、まあ、どだい無理な話だ。

そういえば、ホームルームの最後に、もう一つ通達事項《つうたつじこう》があった。

「本日、昼休み。十二時四〇分より、プールにて、世界史担当の宮本良治《みやもとりょうじ》先生が古式泳《こしきえい》法《ほう》勉強会を催《もよお》される。手の空《あ》いてる者は見学に行くように」

担任はさも迷惑そうにメモを棒読みしたあと、泳ぐのは宮本先生だけだから、水着に着替えても無駄《むだ》だぞ、と付け加えた。

宮本は来年で定年を迎える、うだつの上がらないロートル教師だ。本人は引退セレモニーのつもりなのかもしれない。いや、この暑さだ。理由をつけてひと泳ぎしたくなっただけか。ひょっとして怪事件続きで緊張《きんちょう》している学校の雰囲気《ふんいき》を少しでも和《やわ》らげようと思案《しあん》した宮本なりの気配り？　あの人が考えそうなことではある。そういうユーモアのある先生だ。

久遠は、自分でも意外だったが、昼休みが待ち遠しかった。


プールサイドに百人を超す生徒と二、三人の教職員が集まっている。

宮本の校内での評価がよく表れた人数構成だ。

その声援の中、名前は知らないが、斜《なな》めに泳いだり、立って泳いだり、さながら〝一人シンクロナイズド・スイミング〟を宮本は披露《ひろう》していた。

それなりに面白かった。だが、観客の誰《だれ》より、宮本本人が一番楽しんでいたことは間違いない。

最後に、プールサイドから宮本にうちわが手渡された。

金魚の絵柄。夏のあいだ、駅前で配られていた近所の住宅展示場の販促物《はんそくぶつ》だ。
宮本は、水面に仰向《あおむ》けになると、片足を上げ、そのうちわを足の指にはさむ。
テレビのニュースで観《み》た時は、確か扇子《せんす》だったはず。間に合わなかったのだろう。
なんとも間ぬけな姿だったが、隣で観ていた駒子は、凄《すご》い、凄い！　を連発している。
続いて、うちわを水面に出したまま、宮本の体は半回転。俯《うつぶ》せになる。
さらに半回転して仰向けに……。突然、宮本の体勢が崩れた。
ありゃ、金魚がいねぇぞ。拍手が止まり、プールサイドは爆笑の渦《うず》に包まれた。
「無様《さ》な扇子諸返《せんすもろがえ》しも、あったものよな」
冷めた表情で駒子がつぶやいた。夜鳥子が目を覚ましたようだ。
宮本は慌てて、うちわを探しに潜っていく。全身が水に没した。その時だ。
宮本の体が忽然《こつぜん》と消えた。
だが、次の瞬間、宮本は水面に半身を現した。
拍手と声援に応《こた》えて、にこやかに金魚のうちわを振っている。
たぶん宮本が一瞬、消えて見えたのは、水面の乱反射のせいだったのだろう。
古式泳法勉強会は盛況《せいきょう》のうちに終わった。
ばかばかしくも心温《あたた》まるイベントのおかげで、校内に笑い声がもどったのは確かだ。
それは、ほんの数時間しか、もたなかったが。

—4—


放課後になっても、昼の宮本の熱演を肴《さかな》に、生徒たちがはしゃいでいる。

机の上に仰向けになり泳ぎ方をまねる者、足の指にはさんだ教科書を打ち振る者、さまざまだ。

三ツ橋と駒子も、この話題で盛り上がっていた。

「斜めに、こう、しゅっしゅって、イカみたいでしたね」

「あの金魚のうちわ、実はうちにもあるのよね。けっこう重宝してたりして」

「そういえば……、妙なことを訊くようですけど、うちわを取りに潜った時、宮本先生の姿、ぱっと消えませんでしたか？」

「あ、そうそう、なんかヘンだったよね。ははは」

久遠は嫌《いや》な予感がした。

駒子の笑い声が消え、舌打ちが聞こえた。

「儂としたことが……。あれは水虎《みずとら》の仕業《しわざ》やもしれん」

「水虎？」

「時間がない。説明はあとだ。すぐに宮本を探せ」

口が喋《しゃべ》りおわらないうちに、駒子の足は教員室に向かって駆けだしている。

だが、教室を出てすぐに宮本は見つかった。

見覚えのある貧相《ひんそう》な背中が廊下《ろうか》の彼方《かなた》に見える。金魚のうちわをまだ持っている。

「宮本先生ぇ！」

駒子が呼んだが、宮本は反応しない。

「水虎ぁ！」

夜鳥子の声に、宮本は、ぎょっとしたように一瞬ふりむき、駆けだした。

久遠と駒子が追う。

駒子は廊下を掃除していた同級生から、ほうきを奪《うば》い取ると槍《やり》投げの要領《ようりょう》で、宮本の背中めがけて投じた。

その時、前を走っていた宮本の背中が急に薄くなり、融《と》けるように視界から消えた。

ほうきは何もない空間で、何かに衝突《しょうとつ》し、床にぽとりと落ちた。

宮本が消えたのと逆、廊下の西側で、悲鳴が上がった。

振り向くと生徒が、ばたばたと倒れていくのが見える。何が起きているのか、ここからでは、わからない。

とにかく悲鳴があがったほうに全速で走る。

走りながら倒れている生徒たちを見る。肩や胸を押さえて泣いている。背中をざっくり裂かれ血を流している者もいる。鋭《するど》い刃物でえぐられたような傷だ。

「痛《いて》っ！」

久遠が突然、うずくまる。見れば、左の上腕が切り裂かれている。四本の爪あとだ。

──なんなんだよ、だれに、やられたんだ。

こんどは、東側で悲鳴。逃げまどう生徒が次々に血祭りにあげられていく。

──いつ、すれちがったんだ。ちきしょう、バカにしやがって。

駒子は久遠の腕に一瞥《いちべつ》をくれると、すぐさま今きたばかりの方向に取って返す。

久遠は腕を押さえて、その背中をよろよろと追った。

三日連続で保健室には長蛇《ちょうだ》の列ができていた。久遠は駒子に付き添《そ》われ、その最後尾に並んだ。けが人はその後、階段で襲《おそ》われた者も合わせて十三名。

サイレンが近づいてくる。今日も救急車が呼ばれたようだ。

結局、水虎を捕らえることはできなかった。

まんまと逃げられたのだ、それも目の前を抜けて。

―5―

保健医の加美山《かみやま》先生は、久遠の腕をちらりと見ると、駒子に包帯を放《ほう》り投げた。

この中では、まだ軽症《けいしょう》のほうなのだろう。勝手にやれというわけだ。

駒子に包帯でぐるぐる巻きにされた二の腕をさすりながら保健室を出ると、三ツ橋が所在《しょざい》なげに突っ立っていた。なぜか手には、ほうきを抱えている。

「大丈夫ですか？」

「まあな。それより、なんで後生《ごしょう》大事に、ほうきなんか、持ってんだ？」

「それなんですけど、ちょっとお見せしたいものがあって」

「えーと、じゃあ、とりあえず、あそこ」

駒子の人差し指が階段をさして、そのあとに半回転した。階段の裏へのサイン。

「ほら、ここ、先っちょのとこ？」

三ツ橋が、差し出したほうきの先端には「2－2」とマジックで書かれていた。

「あ、これ！　私が投げたやつだ。でもこれ、どこからどう見ても普通のほうき……だよねぇ」

三ツ橋は、ほうきの柄《え》をゆっくり回転させた。

「ああ、本当だ！　見えた、見えた」

駒子が物珍しそうに、ほうきの先端を覗きこんだ。

「ね、ね、ゼリーみたいで、かわいいでしょ？　ぷるんぷるんしてて」

「あんた、まさか触ったの？」

三ツ橋は頰《ほお》を緩《ゆる》めた。久遠だけが怪訝《けげん》な顔つきで二人の様子を見ている。駒子は、いきなり久遠の指をとると、ほうきの先端に近づけた。何か柔らかい物に触れた。

「うわっ、なんだ、これ？」

今度は久遠にも見えた。ほうきの先に透明の物が刺さっている。一番近いのは水の入ったビニール袋。だが、もっと透明に近い。ときおり光の加減で、輪郭《りんかく》の一部がわかる程度だ。その外見は、拳《こぶし》二つほどの大きさの、蛸《たこ》かクラゲに似ていた。

「これね、おもしろいんですよ。ほら、こうして密着させると……」

そう言うと三ツ橋は、いきなりそれを摑《つか》みとると、こちらに向けた。

その物体の向こうにあるはずの三ツ橋の手のひらが消えていた。

「師匠、桂木さんが宮本先生に投げた、ほうきに刺さってたんだから、これって水虎の体の一部ですよね」

「当たり半分、外《はず》れ半分だな。それは水虎の本体を被《おお》う、いわば式神」

「……と言われますと？」

「たとえば、潮丸は儂の体の一部になるが、あれは儂ではない。潮丸がいくら壊れようが儂は痛くも痒《かゆ》うもない。壊れれば、もう一度、呼びつけるだけ」

つまり、こういうことだ。水虎は取り憑いた人間の全身を、子分の透明な蛸クラゲで被い、宿主《やどぬし》それ自体の姿を消す。たとえ蛸クラゲを倒せたとしても、別の蛸クラゲでその綻《ほころ》びをふさぐ。そういう仕組みらしい。

だが、それが判明したところで、水虎の行方《ゆくえ》はわからない。わかったところで姿が見えなきゃ、さっきと同じ轍《てつ》を踏《ふ》む。

「しかし、三ツ橋、おまえ、よくこんなもん、平気で触れるよなぁ」

「だって消毒剤の臭いがしますよ、これ。もしかしたら久遠くんの靴下《くつした》より清潔《せいけつ》かもしれません。ほら」

三ツ橋は、久遠の鼻の前にそれをかざした。駒子も横から顔を寄せる。確かに少しカルキくさい。この臭いは……？

「プールだ！」「プールよ！」

久遠と駒子が同時に大声をあげて、顔を見合わせた。

「ふむ、どうやら隠れ家の目星はついたな。さて次は……」

夜鳥子が三ツ橋をみて二の句を飲みこんだ。蛸クラゲを舐《な》めていたのだ。

「あー、本当だ。これ、ただの水ですよ」

一同、唖然《あぜん》。三ツ橋が鬼に憑かれた状況が、なんとなくわかった気がした。

「あのさあ、三ツ橋ちゃん。ちょっと訊いていい？　あなた、こんな見えない物、どうやって見つけたの？」

駒子が、おそるおそる訊ねた。

「ほうきを片づけようと思って持ち上げたら、なんか先っちょのほうが重くて」

「あ、なーんだ、そうか。な、ならいいの。ははは」

駒子がどんな想像をしていたのか、三ツ橋は気にする様子もない。

「それより師匠、水虎の弱点はご存じないですか？　ほら、さすがの師匠も辛味は苦手のご様子でしたし」

「ほぉ、唐辛子《とうがらし》が儂の弱点とな？　それは聞き捨てならぬなぁ」

夜鳥子はこめかみに青筋を立てながら、世にも恐ろしい笑みを口元に浮かべた。

「い、いや、あの、すみません。私の勘違《かんちが》いです……」

「あれは熱に弱い。だが、あまり熱ければ宮本も死ぬぞ。ゆえにみだりに火は使えんな。それにこやつらが水虎を包んでいる限りは、効果もしれる」

三ツ橋は、ふーんとつぶやいたあと、いとも簡単に言ってのける。

「じゃあ逆に、このゼリーもどきがお風呂くらいの温度にあたたまって、ついでに見えるようになれば、それでいいですか？」

「まさか……、貴様にできると言うか？」

「はい、たぶん！　テレビでやってたので。すぐにお見せします」

三ツ橋は上気した笑顔で、蛸クラゲを駒子に押しつけると、小走りに駆けていった。

駒子は、消えた自分の手のひらを気味悪そうに眺めている。

久遠は、なにげない夜鳥子の言葉を反芻《はんすう》していた。「宮本も死ぬぞ」。あいつはあいつなりに宮本の身を案じていたのだ。

ほんの一〇分で、三ツ橋は戻ってきた。

手には一本の試薬《しやく》ビン。刑事が詰めかけ混乱する教員室から堂々と鍵《かぎ》を持ち出し、理科室の棚《たな》から失敬《しっけい》してきたらしい。

一同が見つめる中、三ツ橋が魔法の粉《こな》をかける。蛸クラゲはみるみる白くなり、おまけに自《みずか》ら発熱した。触ると、確かに風呂よりもやや熱い。

試薬ビンには「酢酸《さくさん》ナトリウム／CH_3COONa」と、手書きのラベルが貼られている。

その記号の意味や化学反応式とやらを、三ツ橋は懸命に説明してくれた。もちろん、久遠と駒子と夜鳥子にはチンプンカンプン。だが、それは問題ではない。

これで戦える。宮本を助けられる。三人と、もう一人は手ごたえを感じた。

警察は、傷害事件の犯人がまだ校内に潜伏《せんぷく》している可能性があると見たらしい。部活は中止になり、残っていた生徒は帰宅を命じられた。

昨晩同様、警察が引き上げるまで、陸上部の部室に隠れているという案が出た。だが、焼却炉《しょうきゃくろ》や汚物槽《おぶつそう》の中まで調べ始めた捜査員を見かけて、これはあきらめた。

校内を出た三人は、三ツ橋の招《まね》きに応じ、お好み亭ミツハシに向かった。

さすがに気が引けたので、お好み亭ミツハシの隣にあるハンバーガーショップに立ち寄る。キャンペーン中の秋限定メニューを五人分テイクアウト。ちなみに駒子が要求したのは、たったの三人前だ。

三階にある三ツ橋の部屋に到着。教科書やノートをわざとらしく広げてから、作戦会議開始。まず夜鳥子の提案で水中戦は避《さ》けることが決定した。次にプールと周辺の地図を描き、駒子が走る今晩のルートを確認。久遠と三ツ橋の持ち場も決まった。

残るは、例の日輪ノ陣をどこに描くか……だったが、本日二つ目の三ツ橋の魔法アイテムが、この問題を解決した。

実に簡単な話だ。三ツ橋の携帯パソコンに入っていた太陽マークの映像データを、写真屋でB2のポスターサイズに拡大プリントしただけ。裏に強力な両面テープを貼って完成。三枚で消費税込み一五一二円也《なり》。ずいぶん安上がりな魔法アイテムだ。

三ツ橋の話では、Tシャツにプリントすることもできるらしい。それを着ていれば鬼に取り憑かれない……という保障《ほしよう》はまったくないが、気休めにはなりそうだ。

一〇分おきに交替で屋上にあがり、学校の灯《あか》りが消えるのを待った。

校内をくまなく探したであろう警察が、やっと帰ったのは、午後の一〇時過ぎ。

犯人はおろか、何も見つからなかったに違いない。なにしろ犯人は目に見えないし、唯一《ゆいいつ》の手がかりである、三ツ橋が見つけたほうきは、今は虚《うろ》の腹の中だ。

三人は学校に戻ると、正門を迂回《うかい》し、プールに近い裏門をよじ登った。

太陽マークのポスターを予定の位置に手際《てぎわ》よく貼る。準備完了。

プールの水面に月が映っている。静かだ。波一つない。

スクール水着に着替えた駒子は拳《こぶし》を、ゴム手袋をはめた三ツ橋は酢酸ナトリウムの入った試薬ビンを、久遠は三ツ橋のうちから拝借してきた懐中電灯を握りしめた。


—6—


水虎を誘い出すため、派手な音をたてて駒子がプールに飛びこんだ。

その直後に、プールの中央が波立ち、水虎が動き出す。

駒子は急いでプールサイドに上がろうとするが、水虎に足をつかまれた。

間一髪《かんいっぱつ》、なんとか逃れたものの、その際に駒子は左脚に傷を負《お》ってしまう。

「来るぞ、走れ！」

夜鳥子の声に立ち上がった駒子と久遠の背後で、ざざっと水音がした。

ぴた……、ぴた……。

わずかに水滴が落ち、プールサイドに小さな染みを作る。何かがそこにいる。

――だが、その姿はどこにもない。


「走れるか？」

「何とか、なるわよ」

駒子と久遠は、プールサイドを一目散に駆けだした。ゴールはプールの反対側。

ぴた……、ぴた……、ぴた……ぴた……ぴたぴたぴたぴた。

二人の後方で、追っ手も速度を上げた。

久遠は駒子を見る。腕の振り、足の運び、息づかい。特に乱れはない。

足の傷はかすり傷には、ほど遠いが、走りを妨《さまた》げていない。

気を抜くと、こっちが置いていかれそうだ、と久遠は心の中で苦笑した。

その刹那、にわかに水面がざわめき始めた。横目で見ると、無数の小波が立っている。

何が起きているんだ？

ぽた……、ぽた……、ぽた……ぽた……ぽたぽたぽたぽた。

なにかが、二人の周囲に雨あられと、降っている。

「な、なんだ？」

「きゃ！」

駒子の足が、柔らかい物を踏みつけた。

危うく転びそうになるのを、すんでのところで久遠がなんとか支える。

スピードが落ちた。再び駆けだそうとした時、今度は久遠の足がそれを踏んだ。

前につんのめる。勢いよくコンクリートの床に倒れこむ。

だが、痛みがない。見えないクッションが久遠の体と床の間にあった。

「蛸クラゲ？」

さっきの音から考えると、前方にも相当な数が落ちているはずだ。そんな足場の悪い所を全速で走るのは、かなりの賭《か》けになる。

びた、びた。

足音が近づく。後ろを振り向いても何も見えない。

その時、何かが飛んできて、久遠の顔に命中した。

びちゃ。

あ、この感触は蛸クラゲだ。すぐそばにいることを、わざと知らせるために、水虎が投げてよこしたに違いない。

——野郎め、楽しんでやがる。

こうなったら俺が時間を稼《かせ》ぐ。化け物なんぞに、駒子の走りを止めさせるか。

久遠が、そう覚悟を決めた時、駒子の口が勝手に動いた。

「玉《たま》、虎《とら》、道を開けい！」

突然、駒子のスクール水着の胸が、嬉《うれ》しそうに跳ねる。

「えっ？　えっ？」

焦《あせ》る駒子のスクール水着の胸のあたりが、一瞬で消し飛んだ。露《あら》わになった両の乳房《ちぶさ》から、二本の火炎が勢いよく放たれる。

ぱしゃ、ぱしゃ、ぱしゃ、ぱしゃ。前方から蛸クラゲが一斉に破裂《はれつ》する音が響いた。

「えっ？　えっ？」

続いて、駒子の乳房から何か巨大な塊《かたまり》が躍《おど》りだし、そのまま炎を吐きながら、二人の前を走りだした。

全身、赤と青の二頭のライオン、いや——唐獅子《からじし》だ。教科書で見た狩野《かのう》ナントカの屛《びょう》風《ぶ》絵から飛び出したような勇壮《ゆうそう》な二頭の唐獅子が目の前を駆けていく。

「えっ？　えっ？　えっ？」

駒子と久遠は、予想外の展開に思わず顔を見合わせた。

慌てて久遠は横を向き、それを見た駒子がすぐに腕で胸を隠した。

その時だ。久遠の背に熱い衝撃が走った。

「うがっ！」

四本の深く長い爪あとが刻《きざ》まれている。それはみるみるシャツを赤く染めた。

「ひるむな、走れ！」

夜鳥子の声に、駒子と久遠は、唐獅子の後を追って、また走り出した。


三ツ橋は、コンクリートの上に俯せになっている。

作戦開始から、ずっとこの姿勢だ。

最初に駒子が、プールに飛びこむ音がした。しばらくして今度は、久遠の叫び声も聞こえた。

そのあとに駒子の悲鳴。

三ツ橋のいる場所からは、状況がわからなかった。

二人のことが心配だった。だが、持ち場を離れるわけにはいかない。

二人を信じて待つ、と腹をくくった。

その時だ。

ずたっ、音がして床が揺《ゆ》れた。

何か大きなものが、三ツ橋のすぐ後ろに着地した。怖くて振り向けない。

ずたっ、今度は三ツ橋の体の左右、さらに近いところから聞こえた。

——うそ……！

何かが、私をまたいでる？　ひっ、乗っかってきた。

つ、つぶされる。やだぁ、こんな死に方。

三ツ橋は、声を出すこともできない。

—7—

駒子と久遠は、更衣室《こういしつ》の前を走り抜ける。

見えた。

更衣室の向こう側、コンクリートの壁に囲まれた一角。今日のゴール地点だ。

そこには、足を洗う水槽《すいそう》と、シャワーを浴びる施設がある。

駒子にあごで合図され、久遠が先に走りこんだ。すぐに駒子も続く。

入ってすぐの床には、足の汚れを落とすための水槽がある。他の部分より四〇センチほど掘り下げられ、水が張られている。幅およそ一メートル半、奥行きは四メートルちょっと。両サイドを厚い壁が仕切っている。

そこを二人は、ばしゃばしゃと、けたたましい音を立てて、駆けぬける。

突きあたりを曲がり、壁の向こう側に出る。こちら側の方がずっと広い。

手前に、目を洗う二股《ふたまた》の蛇口《じゃぐち》と用具倉庫。奥にシャワーのコーナー。頭上に金属のパイプが並んでいる。そのそれぞれにシャワーヘッドがいくつも付いている。元栓《もとせん》をひねれば、一瞬で雨のゲートができる場所だ。

二人は、急いでシャワーパイプの下を、くぐり抜ける。

その先には、更衣室やトイレに通じる男女別のドアがある。太陽マークのポスターは、この二枚のドアに貼られていた。

ドアを背にして二人は、やっと足を止めた。

ここが今日の駒子のゴール、夜鳥子の戦場《いくさば》だ。

久遠に背を向けると、駒子は、かろうじて片方だけ残っていた、水着の紐《ひも》を肩から抜いた。そして一気に水着を足首まで下ろす。

「バカ、スケベ、あっち向け、と駒子が騒いでおる。うるさくてかなわん」

久遠に駒子の声は聞こえなかったが、夜鳥子はそう告げた。

「あ、すまん」

久遠は顔を手のひらで覆った。

駒子の背中にへばりついた、蜘蛛の全身図。引き締まったお尻《しり》に一本の鎖《くさり》。たくましい太ももに大蛇の胴体。指の隙間《すきま》から、はっきり見えた。

夜鳥子は、ポニーテールを解いた。

足を左右に開くと、少し前かがみになる。

そして両足の間に、右手をゆっくりと挿《さ》しいれた。

ちょうどその時、壁の向こうで、ばしゃ、ばしゃと水音がした。

足を洗う水槽を何者かが渡ってくる。


ばしゃばしゃ。水を蹴立《けた》てる音で、三ツ橋は我に返った。

目の前を、駒子と久遠が駆けぬけていく。

二人とも、けがをしているようだった。

声をかけたかった。だが、水虎にこの場所を悟られては、二人の苦労が水の泡になる。

そう思って、ぐっと我慢した。

なのに、もっと様子を見ようと立ち上がろうとしているやつがいる。そいつは、三ツ橋の横に寝そべっていた。

三ツ橋は慌《あわ》てて、その頭を押さえつけた。その手に青い唐獅子が頬ずりした。咽《のど》のあたりを、擦《こす》るように撫《な》でまわしてやる。

ばしゃ、ばしゃ。

再び、足を洗う水槽に水音が響いた。

——桂木さんと久遠くんのものとは違う。

その音に反応したか、低い唸《うな》り声が、三ツ橋の背後から聞こえた。
三ツ橋は思わず、声の主の顔を蹴とばした。その足を赤い唐獅子がぺろぺろ舐《な》めた。
ばしゃ、ばしゃ、ばしゃ。
水音がどんどん近づいてくる。
その姿はどこにもない。だが、それは、もう目の前にいるはずだ。
三ツ橋は、試薬ビンの蓋《ふた》を開けると、立ちあがった。
眼下にはシャワーコーナー。用具倉庫の屋根の上。
赤と青の二頭の唐獅子を従えた、三ツ橋初美《はつみ》が姿を現した。
三ツ橋は、手袋をはめた手のひらの上に、白い小山を作る。
その小山が細かく震えている。いや、震えているのは自分の手だ。
――お願い、酢酸ナトリウム、私に勇気をちょうだい。
そう祈りながら、三ツ橋は、下手《したて》から、それを中空に放りあげた。
白い粉が夜空に拡がり、ゆっくりと舞い落ちる。
見れば、洗眼用の蛇口の前あたりの空間が、にわかに白みはじめた。
そこを狙《ねら》って、もう一度。三ツ橋は、思い切りよく粉を撒《ま》いた。
どこから取り出したものか、夜鳥子の右手には、昨晩の人面ムカデが握《にぎ》られている。

「お嬢、今日は何の御用で？」

歯のない口で、人面ムカデが下卑《げび》た笑顔をつくった。

「鞭《むち》だ」

夜鳥子の紅色の唇に、薄い笑みが浮かぶ。

「二本つかう」

そう言うと、夜鳥子はいきなり人面ムカデを真ん中から引きちぎった。

「いてて。勘弁してくださいよ。ったく、もう。お嬢は荒っぽいんだから」

人面ムカデが、皺《しわ》くちゃの顔を、さらに、しかめてみせた。

「ところで、百爺《ももじー》。あれをどう見る？」

夜鳥子は、用具倉庫の上から、粉を撒いている三ツ橋を見上げた。

「おやおや、あの娘っ子……。自分の横にいるのが、何百と人を食った化け物だって、知ってんですかねぇ？」

――え、今なんて言った？　ちょっと待ってよ！

三ツ橋ちゃ～ん！　のんきに花咲爺さん、やってる場合じゃないってばぁ。

だが、駒子の思いは声にならなかった。

「で、まさか、あいつらと、やるんですかい？　よしましょうよ、いくらお嬢でも、二匹相手じゃ、ちーとばっか分《ぶ》が悪《わり》ぃや」

「いや、相手はその下。儂の正面だ。ほれ、よく見ろ」

「あぁ、なんか白いのが、ぽつぽつ出てきやしたね」

いまや、水虎の姿は、誰の目にも見えた。

白いダウンジャケットを、何枚も重ね着したように膨《ふく》らんだ人型。

その体が、何百という白濁《はくだく》した蛸クラゲに被われているのもわかる。

だが、夜鳥子の前に現れた水虎は、なんと三匹。

水虎は、蛸クラゲを操り、自分そっくりな偽物《にせもの》を作っていたのだ。

「小賢《こざか》しいマネを」

夜鳥子はそう言うと、唇を舐《な》めた。

「面白いねぇ。あの三匹のうち一匹だけが本物ってわけですかい。じゃあ、あっしは右のやつに賭けさせてもらいましょう。で、お嬢は？」

「左だ」

そう言うやいなや、夜鳥子は、胸の前で両手を交差する。次の瞬間、二本の鞭は綱《つな》を外された猟犬《りょうけん》のように獲物に向かって飛んでいった。

びしゅ、びしゅ、びしゅ、びしゅ。

空気を切り裂く音ばかりが聞こえ、夜鳥子の鞭は見えない。

頭上の金属パイプに鞭が当たっている気配もない。

びしゅ、びしゅ、びしゅ。

だが、蛸クラゲは、確実に剥がされている。切り裂かれ白い汁を垂れ流す残骸《ざんがい》が、凄《すさ》まじい勢いで床に降り積もっていく。

びしゅ、びしゅ、びしゅ。

どんな技を使えば、そんな器用なマネができるのか。三匹ならんだ中央の水虎、一匹を無傷で残し、左右の二匹の半身が、ほぼ同時に崩れおちた。

夜鳥子の鞭が、素《す》っ頓狂《とんきょう》な声を上げる。

「ありゃ、二匹とも外れかい。これじゃあ、賭けは、またチャラですぜ。にしても、あっしはともかく、お嬢が読みちがえるとは。雨でも降らなきゃいいけどねぇ」

残った水虎が、重い足どりで、一歩、また一歩。ゆっくりと近づいてくる。

——何かがおかしい……。

夜鳥子は、いつになく苛立《いらだ》っていた。

びしゅびしゅびしゅ、びしゅびしゅびしゅびしゅ、びしゅびしゅびしゅびしゅ。

その焦りを打ちはらうかのように、夜鳥子は自ら距離を詰める。

鞭はさらにスピードを上げる。もう鞭を振っているはずの両腕さえ見えない。

たちまち三匹目の水虎の体が、その形を失った。

だが……。

「おんや？　こいつも蛻《もぬけ》の殻《から》で……」

人面ムカデの軽口は、突然、頭上から降りそそいだ激しい雨にかき消された。

誰かが、シャワーの元栓を全開にしたのだ。

――たばかられた！

その一瞬の隙《すき》を突かれた。

夜鳥子をあざ笑うかのように、その足下《あしもと》を何かが、すりぬける。

「うあぁぁぁ」

夜鳥子の背後で、久遠がうめいた。

振り向くと、わずかに右肩と顔の一部を残し、久遠の腰から上が消えている。

何が起きているのか、わからない。

「畜生ぉぉぉ！」

そう叫んで、駆けだしたのは、果たして夜鳥子か駒子だったか。


―8―


気づくと、夜鳥子の右腕は肩口まで、水虎の体に埋《うま》っていた。

久遠に組みついていた水虎の体を、甲殻《こうかく》に包まれた右腕が貫《つらぬ》いたのだ。

一撃だった。

久遠は、水虎と壁に挟まれていた。まだ身動きできない。顔のすぐ横に夜鳥子の右手があった。

その右手には、何かがしっかりと握られている。

ほんのり紅《あか》く染まった蛸クラゲだ。四本の大きな爪が見える。

久遠は、これが水虎の本体なのだと直感した。

それは、白煙を残しつつ、夜鳥子の右手に吸いこまれるように消えた。

戦いは終わった。

水虎の体を被っていた蛸クラゲが、主《あるじ》を失い、ぽたぽたと落ちていく。

蛸クラゲが剥がれた穴から、宮本の顔が現れた。続いて、肩。そして胸。

自分の右腕が刺さった宮本の腹が見えた時、駒子は思わず目をそらした。

「私が、宮本先生を殺した。私が殺した……、私が殺した……」

そう言って、駒子は泣きじゃくった。

第五章　憑《つく》喪《も》神《がみ》——金曜日

玉【たま】・虎【とら】
乳房に宿る雌雄の仔獅子の式神。召喚時は胸から飛び出し単独で行動する。口から炎を吐く。

―1―


「動くな。我慢《がまん》しろ。今、その腕を抜けば、宮本《みやもと》は確実に死ぬ」

夜鳥子《ヌエコ》は駒子《こまこ》に、そう声をかけると「舞《まい》」と呼んだ。

左の手のひらに、白い蛾《が》が一匹現れる。

夜鳥子は、それが飛び立つ前に指を閉じると、ぎりぎりと握《にぎ》りつぶした。

そして駒子の右腕が没《ぼっ》している宮本の腹に、その破片《はへん》をぱらぱらと落とした。

夜鳥子は、幾度《いくど》も舞を召喚《しょうかん》し、次々に握りつぶした。

やがて、左の手のひらから、うっすらと血がにじむ。

「やれやれ舞を怒らせてしもうたか。さて、どうしたものやら」

そう独《ひと》りごちると、夜鳥子は七匹目の舞を、また握りつぶした。

「救急車を呼んだほうが……いい……ですよね？」

三ツ橋《みつはし》と二頭の唐獅子《からじし》が、宮本の腹を心配そうに覗《のぞ》きこんだ。

「あ……そうだ。早く……、早く呼んでっ！」

言葉をなくしていた駒子が急に大声をあげた。

「動くなと言った。おぬしは桜泥棒に替わる言い訳でも考えておれ。久遠《くどう》、貴様は引きあげる支度をしろ」

三ツ橋は、携帯電話を取りだしている。

久遠は、持ちこんだ物を回収に走った。

「宮本先生は……？」

「さいわい急所は外《はず》れている。血も止めた。毒も消した。さ、腕を抜くぞ。そろりとな、真っすぐに。余計なことを考えるな。今はそれだけに集中しろ」

ずりゅ、ずりゅ、ずりゅ。

宮本の中を、駒子の腕がゆっくりと通過していく。

そのたび宮本の体が、わずかに痙攣《けいれん》する。

ずりゅ、ずりゅ、ずりゅ。

駒子の肘《ひじ》が現れた。続いて前腕が見え始める。もうすぐ抜ける。

その時、駒子の手の甲が何かに触れた。

動いている。宮本の心臓はまだ確かに動いていた。

宮本から右腕を抜くと、夜鳥子はそのままシャワーを浴びた。

血まみれの腕を丹念《たんねん》に洗う。

——いくら洗ったって、もうその血は二度と落ちないよ。

遠くに救急車のサイレンの音を聞きながら、駒子はそう思った。

裏門の外から、救急車に運びこまれる宮本と、一緒に乗りこむ三ツ橋が見える。

「自分の名前も言っちゃいましたし、私、残ります。大丈夫ですよ」

別れ際に、三ツ橋が言った「大丈夫」。何が大丈夫なのか駒子にはわからない。

サイレンを鳴らし走り出す救急車を見送ると、久遠は駒子のほうへ向き直った。

「言っとくけどな、おまえのせいじゃない。それと、あんたの責任でもない……」

久遠は、まだなにか大事なことを言いたげだった。だが、次に口から出たのは。

「あー、そうだ、駒子。腹、減ってないか？　今日は、俺のおごり……」

久遠は、喋《しゃべ》るのをやめた。

その代わり、駒子の両肩に手をかけると無理やり抱きしめた。

駒子は我慢できなくなった。久遠の胸で、また大声をあげて泣いた。

その声を聞くと、久遠の目からも涙が、ぼろぼろとあふれた。


——おまえのせいじゃない、と久遠は言った。

だが、駒子は知っている。半身が消えた久遠を見て、思わず駆けだしたのは、夜鳥子ではなく、たぶん自分だったことを。あの一瞬、宮本が水虎の中に捕らわれていることが、頭から完全に消し飛んだことを。

きのうの夜、夜鳥子に指摘《してき》されたばかりだ。だが、こんなことになるとは、思いもしなかった。自分は、けっこう腹が据《す》わっているほうだと、たかをくっていた。

宮本先生は死ぬかもしれない。

次に自分は、誰《だれ》を殺すことになるのだろう。

そんなことになるくらいなら、そうだ、私が死ねばいい……。


――あんたの責任でもない、と久遠は言った。

だが、夜鳥子は苛立《いらだ》っている。水虎を甘く見ていた自分に。馬鹿にしていた相手に謀《はか》られたことに気づき、憤《いきどお》りのあまり決着を焦《あせ》った自分に。

いくらでも、やりようがあった。猫玉《ねこだま》の時のように潮丸《うしおまる》のハサミで少しずつ切り刻《きざ》んでやればよかった。舞を使って、ゆっくり蒸《む》し焼きにする手もあった。

宮本とかいう男一人、死んだところで関係ない。

儂《わし》は今まで何人殺してきた。一度たりとも泣いたことがあったか。

だが、駒子が泣いている……。


――俺のせいだ、と久遠は言えなかった。

当初の予定では、更衣室《こういしつ》の屋根から向かい側の三ツ橋を、サポートするはずだった。

なのに作戦決行の寸前《すんぜん》で気が変わった。駒子を近くで守りたいと思った。自分より、はるかに強くて足の速い駒子をだ。結局、なにもできなかった。

そればかりか自分が水虎に捕《つか》まったせいで、作戦は滅茶苦茶《めちゃくちゃ》だ。自分があの場にいなければ、夜鳥子なら三匹でも四匹でも五匹でも、余裕で倒せたに違いない。

「宮本が死んだら俺のせいだ」駒子にそう言おうとした。

だが、口から出たのは「腹、減ってないか？」だ。哂《わら》えた。自分が情けなかった。

子供の頃から少しも変わっていない。俺は弱虫で最低のくずだ……。


——誰も私を責《せ》めなかった、私のミスなのに。

救急車の中で、虫の息の宮本を見つめながら、三ツ橋はそう考えている。

水音の数を注意深く聞いていれば、もう一匹、後ろにいたことに気づいたはずだ。

みんなに認めてもらいたかった。褒《ほ》められたかった。自分が考えた計画がうまくいって有頂天《うちょうてん》になっていた。だから聞き逃した。

あんなにかわいい動物に会ったのは、生まれて初めてだった。あの子たちも、私のことが気に入ってくれたみたいで、すごく嬉《うれ》しかった。だから心に隙《すき》ができた。

あの事故を招いたのは、私だ。だから、わざと自分の名を告げて、救急車を呼んだ。

もしもの時は私が、宮本先生を刺したと、嘘《うそ》をつく……。

木曜日が金曜日に替わる少し前。

駒子は家まで、久遠にタクシーで送られた。

駒子の父親《パパ》は、かんかんだった。久遠は何度も何度も頭を下げて謝っていた。

そういえば子供の頃から、いつもそうだ。駒子がガラスを割った時も、近所の子にけがさせた時も、久遠がいつも自分がやったと言って、かばって怒られた。

久遠をいじめっ子から助けたこともある。だが、守られていたのは自分のほうだ。駒子は、今さらのように気づいた。

疲れていた。食事をする気には、なれなかった。

風呂に入って、皮膚《ひふ》が真っ赤になるほど、右腕をごしごし洗った。でもダメだった。

ベッドに倒れこんだ。眠れなかった。

左のふくらはぎの傷が痛む。なぜか左腕も熱っぽい。

でも、これは我慢できる類《たぐ》いの痛みだ。

中一の時、練習のやり過ぎでアキレス腱《けん》が半分きれた。あの時に比《くら》べれば、はるかにマシだ。

右腕の痛みは違う……。

——ずりゅ、ずりゅ、ずりゅ。

宮本の腹の中を通過していく時の、あの感触《かんしょく》を右腕が覚えている。

一睡《いっすい》もできないまま日付が変わっていた。


―2―


金曜日、早朝。午前四時十二分。

携帯からメールの着信音が流れた。飛び起きて本文を確認する。

読み終えた駒子が、夜鳥子に訊《たず》ねた。

「ねえ、あと何匹だっけ?」

「一匹。いや一匹半か」

「半? ま、いいけどね。県大会まで、まだ二日あるし」

そう言うと駒子は立ち上がり、台所の冷蔵庫を目指し、よろよろと歩き始めた。


久遠が朝起きると、三ツ橋からメールが届いていた。着信時刻は、午前四時十三分。

タイトルは「今、パトカーで自宅に戻りました」だ。

「桂木《かつらぎ》さん、久遠くんは午後一〇時半まで三ツ橋宅にて勉強。

午後一〇時半から午後十一時までは、ずっと学校の裏門の〝外〟にいました。

理由は体育館裏の仔猫に餌《えさ》をやるため、校内に侵入した三ツ橋を待っていたから。

午後十一時、突然来た救急車に乗りこむ三ツ橋を、門の〝外〟から確認します。

宮本先生のことは見てない知らない。それ以外のことも見てない知らない。

あのあと、どうやって帰ったんですか？　それは本当のこと言ってください。

以上です。

詳《くわ》しくは学校で　三ツ橋初美《はつみ》
ＰＳ　宮本先生の手術、成功したそうです（^_^）V」

——そっか、よかった。

宮本、助かったんだ。

駒子も、このメールを読んだはずだ。もう泣かずにすむ。本当によかった……。

三ツ橋のほうも、なんとか切り抜けたみたいだし。しかしまあ、猫に餌かよ。よくこんな言い分が通ったもんだ。苦笑いしながら、久遠は目を拭《ぬぐ》う。

念のためと、消去ボタンを押したと同時。

「警察から電話ぁ！」と、お袋のうろたえた声が、階下から飛びこんできた。

久遠は電話に出る。三ツ橋からのメールで指示されたとおり慎重《しんちょう》に応《こた》える。

間一髪《かんいっぱつ》だったわりには、拍子《ひょうし》抜けするほど、あっさり納得《なっとく》された。

「ダメだよ、今どきの女子高生を簡単に信じちゃ」

久遠は、すでに切れた電話口にうそぶくと、メシを掻《か》きこみ家を飛びだした。

一秒でも早く、駒子の笑顔を見たかった。

教室に入ると人だかりができていた。駒子の姿も見える。その中心に三ツ橋がいる。昨夜の一件に、みんな興味津々《しんしん》なのだろう。久遠もその輪に加わった。

「きのう帰宅命令が出たでしょ。だから体育館の裏の仔猫たちに餌をあげられなくて。それがどうしても頭から離れなくて……。うちの屋上から学校が見えるんだけど、電気が消えるのを待ってね……。久遠くんと桂木さんに手伝ってもらって裏門を乗り越えたの……。でね。体育館のほうへ行こうとして、プールの横を通ったら、人のうめき声が聞こえて。びっくりして覗《のぞ》きこんだら誰《だれ》か倒れてて……。よく見たら宮本先生で……。ひどいけがをされてるみたいだったから、慌てて救急車を呼んだの」

クラスメートに問われるたびに、三ツ橋は何度となく同じ話を繰り返している。

「三ツ橋を知ってる俺らは、その話を聞いても、さもありなん、だけどよ。よく警察は信じてくれたもんだよなぁ。もしかして担当の刑事が無類《むるい》の猫好きだったとか？」

体調を取り戻し、今日から登校してきた小林《こばやし》が茶利《ちゃり》を入れた。

バスケットボールほどある大きな頭に、ピンポン球ほどの脳みそしか詰まっていないと評判の小林にしては、至極《しごく》まっとうな意見だ。

「あぁ、それはね」

三ツ橋は、鞄《かばん》の中から猫用の缶詰《かんづめ》を三つ取り出して、机の上に積《つ》んで見せた。

「うひぇ～こんなもん、いつも持ち歩いてんのか？」

訊《き》かれて、三ツ橋は、さらに猫缶を三つ、積み上げた。

小林は呆《あき》れかえっていたが、久遠はその何倍も驚いた。

——おい、ちょっと待て、三ツ橋。おまえ、これから水虎とやり合おうって時にも、その缶詰、持ち歩いてたわけ？　な、なんで、そんな物を？

「それからね、これ」

続いて、三ツ橋は一冊のノートを開いて見せる。

そのノートには、学校周辺で目についた、あらゆる生き物の詳細《しょうさい》な記録がつづられていた。その中にごく最近、体育館の裏で仔猫が三匹、産まれたことも、写真つきで書かれていた。写真の横には餌をやった日付までも。

——ありゃ？　てーことはだ。三ツ橋は、水虎を倒したその足で、本当に仔猫に餌をやりにいくつもりだったのか……。いやはや、恐れ入った……。

ちなみに、これを見せられた刑事は、三ツ橋の話を信じたばかりか、ノートのあまりの几帳面《きちょうめん》さに、将来、警察の調書作成係になるといい、とアドバイスまでしたらしい。

駒子もその驚愕《きょうがく》の真相に気づいたようだ。若草色のハンカチを握《にぎ》りしめた左手の拳で、ばんばん机を叩きながら、涙を流して笑っている。

久遠はその笑顔を見て、ほっとした。

——そっか……、俺が守りたいのは、この笑顔だったんだ。


朝のホームルームでは、昨晩起きた事件のあらましと、宮本の容態が説明された。

宮本の腹には〝腕が通るほどの〟穴が開いていて、かなり危険な状態だった。だが、無事に手術は成功。容態《ようだい》も安定している。あとは意識の回復を待つだけ。

見た目からは想像できない宮本の体力に医者も仰天《ぎょうてん》している、ということらしい。

まあ、その応急手当に毒蛾が一〇匹ほど使われたと知ったら、医者は仰天どころか、失神するに違いないが。

昨日の説明以外に、伝達事項が二件。

まず、明日の土曜日は平日同様、六時間授業。ここ数日の祟《たた》り騒動で遅れに遅れている授業日程を取り戻すための緊急措置《きんきゅうそち》。去年の暮れ、インフルエンザで学級閉鎖《へいさ》になって以来のことだ。弁当を忘れないように、と。

二つ目、本日も三階は立ち入り禁止。おととい爆発が起きた時、作動《さどう》しなかった火災検知器、ついでに消火栓《せん》や防火扉の点検に業者が入るため、とのこと。

ホームルームの最後に、担任は三ツ橋にねぎらいの言葉をかけ、そのすぐあとに学校で猫を飼うのは問題あり、という小言を忘れずに付け加えた。

—3—

昼休みには、さっそく宮本の見舞いに行ってきた、校長直々《じきじき》の放送が校内に流れた。なんでも、宮本は校長の目の前で意識を取り戻し、校長の手を力強く握るや、心配をかけて申し訳ないと男泣きしたそうだ。

校内のあちこちで歓声《かんせい》が上がった。ハイタッチを交わすやつ、感極《かんきわ》まって泣きだす女子もいた。たった一つ残念なことがあるとすれば、きのうの午後からの記憶がないせいで、宮本の、ほんまか武勇伝《ぶゆうでん》に新しい一ページが加わらなかったことだけだろう。

この報《しら》せを聞いて、一番喜んでいるのは、なんと言っても駒子だ。間違いない。

久遠は駒子の笑顔を見ようと振りかえる。

だが、駒子の表情は曇《くも》っていた。蓋《ふた》を開けたままの弁当には箸《はし》をつけた様子もない。

「どうした、あんまり嬉しそうな顔してないけど？」

「え、そんなことないよ……。ちょっとね、きのうから熱っぽくて。風邪《かぜ》かなぁ。やっぱ、九月の夜なんかに、プールに飛びこむもんじゃないよね」

駒子は、だるそうに笑った。

久遠は、駒子の額《ひたい》に手をかざす。少し熱かったが、思ったほどではない。

「これくらい大丈夫だってば……。男のくせに大げさなんだから」

ふと、駒子の左手に目がとまる。若草色のハンカチを握りしめている。

その視線に気づいたのか、駒子は机の下に左手をさっと隠した。

「おい、まさか？　その手……」

駒子は泣きそうな顔で、イヤイヤと頭を横に振る。

教室の隅《すみ》に駒子を引っ張っていく。

「いいから見せろって」

みんなからは見えないように、背中で壁を作る。

駒子が、ようやく左手を開いた。

茶色の染みが広がったハンカチ。それを、ゆっくり剥《は》がす。駒子が眉根《まゆね》を寄せた。

手のひら中が、ひどい水ぶくれで覆《おお》われ、見るも無残に焼けただれていた。

「これって、きのうの蛾のせいかよ？」

「た、たぶん……そうかな……」

駒子はまだ何か隠している。よく見ると左の袖口《そでぐち》から、赤いものが見えた。

久遠は、三ツ橋を呼んだ。

礼法室《れいほうしつ》は、久遠たちがいる新校舎の二階。廊下の端《はし》にある十二畳の和室だ。今のところ茶道部《さどうぶ》と華道部《かどうぶ》が、月に数回使うだけ。実際には一部カップルが校内デートに利用することのほうがずっと多い。それも、たいていは放課後だけだ。

さいわい、真昼間から礼法室にしけこむほど、発情しているカップルはいなかった。

久遠は三ツ橋をともない、駒子を礼法室に連れこむと、中から鍵《かぎ》をかけた。

駒子は観念したように畳《たたみ》の上に正座している。

「左手、見せてみろ」

上着を脱がせ、左の袖をまくる。

「えっ？　なに、これ！」

三ツ橋が、思わず息を飲んだのも無理はない。

駒子の左腕に異変が起きていた。

きのうまでは、肩に近い二の腕に、藍色《あいいろ》の小さな蛾の刺青《いれずみ》が一つあるのみだった。

それが、いまや左腕全体を無数の蛾が覆っている。燃えるように赤い蛾だ。

声をかけるまでもなく、夜鳥子は、もう起きていた。

「舞のやつ、昨夜のことで拗《す》ねておるようだ。まあ、あれはまだ子供。直《じき》に忘れよう。長くて二日の辛抱。精のつくものを、たんと食うておれば、この腕のほうは心配ない」

淡々と語る夜鳥子の口調は、まるで他人事《ひとごと》のようだ。

「この腕のほうは、ってことは……他にも……まだ、なんかあるの？」

袖を戻しながら、仏頂面《ぶっちょうづら》の駒子が訊く。額に汗が浮かんでいる。

答える夜鳥子のほうは、相も変わらず涼《すず》しい顔つき。

「おぬしの体がこの調子では、儂も存分にちからを奮《ふる》えん。召喚できる式は、一匹がせいぜい。今夜の戦は難儀《なんぎ》する」

「今夜？　今日もやるつもりなのか？　だいたい戦う相手が……」

久遠の言うとおり、ここ連日の騒動を考えれば、今日はここまで何も起きていない。

「ちと気になることがある。儂に一縷《いちる》の油断があったことは認めよう。だが、水虎を含《ふく》め、ほとんどの鬼は本能で動く。あったとしても、せいぜいが犬程度の知恵。分身をこさえたり、ましてこの儂を出し抜くなど、ありえん」

きのうのことを思い出したのか、夜鳥子は唇《くちびる》をかんでいる。

「そんな怖い顔で、ありえん、と言われてもよぉ……」

「久遠くん、お静かに！　で、師匠《ししょう》、気になることって？」

「儂の勘《かん》が当たっておれば、狡知《こうち》にたけた者が裏で糸を引いておる。おそらくは人を捨てて鬼になった者……。それが最後の鬼」

夜鳥子の言葉が終わるやいなや、駒子が訊ねる。

「人を捨てて？　……で、どんなやつ？」

全員が、固唾《かたず》を飲んで、次の夜鳥子の返答を待つ。

「……わからん」

「わからんって。確かあんた、五匹の鬼を斬《き》る腹づもりだったんだろ？」

「封じたのは儂ではない。鬼には鬼の理《り》があるとぬかし、厄介《やっかい》を先送りにした間ぬけな坊主《ぼうず》だ。子細《しさい》は、あやつしか知らん。ただ……」

ただ？　久遠と三ツ橋が繰り返す。

「儂も、だてに何百という鬼を斬ってきたわけではない。少しでも動き始めれば、推《お》し当《あ》てもできよう」

午後の授業開始を告げるチャイムが鳴った。

「ふぁ～、れもそれ、今日じゃないと、い～なぁ」

「ふぁ～、れきれば、そ～お願いひたいれすね」

駒子と三ツ橋は、大きな欠伸《あくび》をしながら立ち上がった。

きのうの今日だ。二人ともほとんど寝てないのだろう。集中が切れれば欠伸もでる。

「じゃあ、まあ、鬼が出るまで、みんなで寝て待つか」

授業をサボるなら保健室か、今日の天気なら屋上もいいな、と久遠は思った。

——ほぉ、あの女、塩梅《あんばい》が悪いのか。

——いや待て、俺を誘いだす芝居かもしれんなぁ。

——ま、いい。少し揺さぶりをかけてみるか。

——にしても、ありゃあ、いい女だ。

——さぞや、あっちのほうも格別、甘《うま》いんだろうなぁ。

——決めた……。あの女の身体《からだ》、いただくぞ……。ぬひひひ、ぬひひひ。

三人の会話に聞き耳を立てていた者が、暗やみの中で忍び笑いした。


—4—


礼法室を出ると、今にもくっつきそうだった駒子のまぶたが、ぱちっと開いた。

「三ツ橋、ちと相談がある。近《ちこ》う寄れ」

夜鳥子と三ツ橋が、ひそひそ声で、短い会話を交わす。

途端に三ツ橋のまぶたも、ぱちっと開いた。

「久遠くん。私、これから桂木さんと保健室に行くから。あ、心配しないで。あまりに眠いから、ちょっと仮病《けびょう》を使うだけ！　だから先生には適当にお願いしまーす」

周りの生徒が振りかえるほど、元気な声の病人は、すでに半分寝ているような駒子を引きずって、保健室へ向かった。

——あ、先を越された。

久遠は五時間目が終わると、赤いテープをまたぎ、今日も立ち入り禁止の三階にこっそり上がった。

火災検知器の点検工事をしている作業員に気づかれないよう、音楽室の前を通り、さらに西側の階段を昇る。

屋上に出た。ベンチに寝ころがって、空を見上げる。

耳には、あいかわらずの蝉《せみ》の声。だが、空はすっかり秋だ。

鰯《いわし》雲を見ていると、意識が遠のいていった。久遠も疲れていた。

くしゅん、という自分のくしゃみで、久遠は目を覚ました。

携帯を見ると、下校時間を少し過ぎている。

——ありゃ、四時間も寝てたのか。

久遠が教室に戻ると、もう誰もいない。だが、駒子と三ツ橋の鞄はまだあった。

まさかな、と思いつつ、保健室を覗《のぞ》いてみる。蛍光灯《けいこうとう》は消えている。

だが、ベッドのカーテンの向こうから、寝息が聞こえた。

二人とも、あられもない姿の見本図解のような恰好《かっこう》で熟睡《じゅくすい》している。

——おーい、駒子！　太ももの大蛇《おろち》、丸見えだぞ。

——それと、三ツ橋！　おまえは、なんで、前、はだけてんだよ？

ついでに言うと、保健医の加美山《かみやま》先生まで机に突っ伏して、ぐーぐー寝ていた。

駒子の寝顔を見るのは、小二の夏以来だから、九年ぶりか。

あまり子供の頃と変わってない気がする。少し上向きの鼻、ぷっくりした唇……。

——こんなにぐっすり眠ってるなら……？

あの突然のファーストキスに関しては、ムカデと一緒にされたことを含め、久遠のほうにも不満があった。相手が駒子だった。それについては文句はない。

だが、男にだって、それなりの夢はある。海の見える公園のベンチ、デートの帰りに彼女の家の前、誰もいない放課後の教室や……うん、保健室も、そう悪くないかも？

そんなことを妄想《もうそう》していると、駒子の寝言が聞こえた。

「つまらん男だ。なにもせんなら、さっさと起こせ。儂は腹が減った」

——ふぅ、危ねぇ、危ねぇ。とんでもない女だ。

久遠は、邪《よこしま》な気持ちを悟《さと》られないよう、つとめて平静を装《よそお》う。

「な～んだ、起きてたのかよ？」

「儂まで眠って、こんなところを急襲《きゆうしゆう》されたら、手の打ちようもない」

——さ、さすがだな。

駒子と三ツ橋に声をかけ、最後に加美山先生を起こした。

なんと女史は、午前中から寝ていたらしい。

そういえば、この人もここ数日、大忙しだった。まあ、この先生がずっと寝ていたということは、今日一日は学校が平和だったという証拠だ。

まだ寝たりない様子の加美山先生を残し、保健室を出る。

すると廊下の暗やみの中から、声がした。

「誰だ、まだ残っているのは？」

声の主は、校長先生だった。

「おや、誰かと思ったら、三ツ橋くんか。まだ物騒《ぶっそう》な輩《やから》がそこらにいるやもしれん。くれぐれも気をつけて帰りなさいよ」

校長の後ろ姿を見送りながら、駒子が大きく伸びをする。

「あーーーお腹《なか》、減った」

駒子の口から、この決め台詞《ぜりふ》が出たからには、昼よりは具合がいいのだろう。

「あ、今日、うちの店、お休みなんですけど、ちょっとしたイベントがあるんですよ。ぜひ参加してください」

「そのイベントって、もしかしてお腹一杯になるイベントだったりする？」

「ええ、もちろん」

「行く、行く！」

三人は、足どりも軽く、鞄を取りに教室に向かう。

非常灯に浮かぶ二階の廊下は、静まりかえっている。三人の足音しか聞こえない。

このまま何事もなく一日が過ぎればいい。

そんな、ささやかな願いは、バン！　という轟音《ごうおん》とともに打ち砕《くだ》かれた。


—5—


二年一組、二組、三組。その前と後ろの入り口の戸、六枚が次々に廊下に倒れていく。

びしっ。みし、みし、みしみしみしみしみし。

倒れた扉を踏み割り、異形《いぎょう》の獣たちが教室の中から姿を現した。

その生き物に頭はない。空《から》っぽの胴体と瘦《や》せこけた四本の脚のみ。

見る間に廊下を埋めていく。物凄《ものすご》い数だ。

駒子、久遠、三ツ橋は、その大群に背を向け、走りだす。

その時、獣たちも四角い背を揺らしながら、暴走を開始した。

がッがッがッがッがッ……、だッだッだッだッだッ……。

駒子たちを追うのは、三クラス分、百台の机。

けッけッけッけッけッ……、てッてッてッてッてッ……。
その横を、軽快に追いぬいていく別の獣の群れ。三クラス分、百脚《きゃく》の椅子《いす》。
三人は、東階段を目指し走る。
だが、廊下の端《はし》で三人を待ち受けていた物がいる。
それは中空に浮かび上がると、三人に柄《え》を向けた。
一斉に放たれた矢のように風を切り裂く、十数本のほうきとモップ。
「滑《すべ》りこめ！」
夜鳥子の怒号《どごう》に、三人はつま先から、廊下に猛スライディング。
間一髪。ほうきとモップが鼻先を抜ける。後方に響く机との激突音。
だが、机たちの暴走は止まらない。
三人は、急いで立ちあがり、階段の前まで逃げる。
見れば、階下も机と椅子に埋め尽くされている。
ギちゴちギちゴち、ギちゴちギちゴちぎち。
昇っている。昇ってくる。その四本の脚で、互いを踏みつけながら。
「上だ！」
久遠の叫びに、三人は急いで三階に駆けあがった。

三階の廊下は、二階の喧騒《けんそう》がウソのように静かだ。
三ツ橋が、廊下の向こう側を指さす。
駒子と久遠はうなずくと、西側の階段を目指して、また走り出した。
廊下の中央まで来た、その時だ。
バン！　さっき聞いたばかりの嫌な音。後方で教室の扉が一枚、吹っ飛ぶ。
またしても机と椅子の群れか。
その時、後方から飛来した何かが、三ツ橋の後頭部を襲う。
それを夜鳥子が、すかさず手刀《しゅとう》で叩《たた》き落とす。
足下《あしもと》に転がったのは黒板消しだ。
「うそっ！」
黒板消しが飛んできた方向を見た、三ツ橋が声を上げた。
教室から巨大なものが姿を現そうとしている。
黒板だ。黒板が宙に浮いている。
それは、ゆっくりと方向を変えた。
そして、黒板消しの敵討《かたきう》ちとばかりに、三人に向かって滑空《かっくう》した。
「に、逃げろぉ！」
久遠の声に、駒子と三ツ橋は、ありったけの力を振り絞《しぼ》り走る。

西階段は、もう目の前だ。

だが、その時。

バン！　正面の音楽室。その二枚の扉が、吹き飛んだ。

そして、最後の刺客《しかく》、グランドピアノが道をふさいだ。

―6―

超弩級《ちょうどきゅう》の二体の敵。

後ろからは、空飛ぶ黒板。前方には、黒い三本脚の巨獣グランドピアノ。

「伏《ふ》せろ！」

夜鳥子の声に、三人は廊下に、へばりつく。

間一髪、その背中をかすめる黒板。

それが通過する瞬間を、夜鳥子は見逃さない。黒板のケツに鋭《するど》い蹴《け》りを流しこむ。

元の飛行速度に、蹴りのスピードが加わった黒板は、一気に加速。

ずどん！

顔を上げると、黒板がグランドピアノに突き刺さっている。

「やったか？」

久遠の期待は、外れた。

グランドピアノは、いささかもひるまない。

黒い巨体を、ぐるんぐるんと回転させ、黒板を振りはらう。

だん、だん、だん。だん、だん、だん、だん。

力強い足音が廊下にこだまする。

グランドピアノが三本の脚で歩いている。三本のうち一本が大きく斜《なな》め前に出る。そのたびに黒い巨体が一二〇度回転する。これを繰り返し前進してくる。

「三ツ橋！　出番だ」

「はい、師匠！　三ツ橋初美、いきまーす」

夜鳥子が声をかけると、三ツ橋はグランドピアノに向かって一人、歩を進める。

あまりに堂々とした足どりに、久遠は呆気《あっけ》にとられ、その背を見送るのみ。

三ツ橋はブラウスの裾《すそ》と一緒に、噂《うわさ》のFカップを一気にたくし上げた。

「玉《たま》ちゃん、虎《とら》ちゃん、やっちゃえ！」

三ツ橋の号令と同時に、両の乳房が大きく跳《は》ねる。

そして、飛びだしたのは、赤と青の唐獅子。

二頭は、グランドピアノに向かって一直線に走りだした。

黒い巨獣と、赤青の唐獅子の死闘が始まる。

赤い唐獅子が、グランドピアノの背に飛び乗った。

黒い巨獣は、凄い勢いで回転しながら、大きな蓋《ふた》をばたばたと何度も開閉する。

背中の敵を振り落とそうと、狂ったように暴れる。

がりがりがり。

赤い唐獅子は、そうはさせじと、身をかがめ、蓋に爪《つめ》をたてて踏ん張る。

そして隙を突いて反撃。その鋭い爪を勢いよく振りおろした。

ばぎ、ばぎばぎばぎばぎばぎ。

真っ二つに引き裂かれた蓋が、宙を舞う。

蓋を失ったグランドピアノは、内臓をさらす。ピアノ線やハンマーが丸見えだ。

赤い唐獅子は、舌なめずりして、そこにも爪を振りおろす。

一方、青い唐獅子は、胴体の下にもぐると、一本の脚に狙《ねら》いを定めた。

何度も振り払われる。そのたびに三本の脚の間をかいくぐり、同じ脚に取りつく。

青い唐獅子の攻撃《こうげき》は、地味で単調だ。が、徹底的に執拗《しつよう》だ。

久遠は、駒子の横顔を眺め、三ツ橋の背に目をやり、ふと確信を抱く。青いほうがメスだ。間違いない。本当におっかないのは、こっちのやつだ、と。

がりごり、がりごり、がりごり。ばりばりばりばりばり。

ついに青い唐獅子は、一本の脚を食いちぎった。

不協和音《ふきょうわおん》を奏《かな》でながら、黒い巨獣がバランスを失い、廊下に崩れおちる。

満身創痍《まんしんそうい》のグランドピアノは、もがき苦しみ、床をのたうちまわる。

勝負はついた。だが、二頭の唐獅子は、攻撃の手をゆるめない。

ハンマーが、ペダルが、鍵盤《けんばん》が、次々に飛び散っていく。

「はい、おしまい」

三ツ橋は二つ、手を打つ。

それを合図に、両手を広げた三ツ橋の胸に飛びこみ、二頭の唐獅子は姿を消した。


「さ、いくぞ」

夜鳥子の声に促《うなが》され、三人は西側の階段に向かった。

だが、こちらの階段の下にも、机と椅子がひしめき合っているのが見える。

振り向けば、廊下の反対側にも、机と椅子の大群。

「これでは切りがないな。この上は何がある？」

夜鳥子は、階段を見上げた。

「屋上だけど、でも……」

久遠の言葉の続きを、夜鳥子がさえぎった。

「では、参ろうか」

そう言うと、三ツ橋をともない、すたすたと階段を上がっていく。

——屋上に上がれば、もう逃げ場がないぞ。どうするつもりだ?

久遠は、訝《いぶか》しがりながら、二人を追う。

その後ろに、数多《あまた》の机と椅子が押し寄せる。

ギちゴちギちゴち、ギちゴちギちゴちぎち。

とうとう階段を昇り始めた。もう引き返せない。

その物音に、夜鳥子が振り返る。

「三ツ橋。あれを、階段にぶちまけて時間を稼《かせ》げ」

「はい、師匠! 三ツ橋初美、いきまーす」

三ツ橋は、階下に向かい、右手を真っすぐに差しだし、それに左手を添《そ》える。

「雪虎《ゆきとら》!」

ぼた……………、ぼた……………、ぼた……ぼた……ぼたぼたぼたぼたぼた。

見えない何かが、三ツ橋の手のひらから発射され、階段を埋めていく。

途端《とたん》に、階段を昇っていた机と椅子が、足を取られて転がる。

それに他の机や椅子が巻きこまれ、面白いようにどんどん落ちていく。

——あれは水虎の……? あいつは、きのう俺の目の前で……?

「ぐずぐずするな。置いていくぞ」

夜鳥子の声を追いかけ、久遠は屋上に出た。

薄闇のなか、駅前の灯《あか》りだけが鮮《あざ》やかだ。

「貴様の家は、どのへんだ？」

「あの赤いネオンの左あたりですね」

夜鳥子と三ツ橋が、夜景を眺《なが》めながら、のん気な会話をしている。

ガン、ガン、ガン、ガン。

扉の向こうでは、屋上に出ようと、机たちが突進している。

「では、そろそろ行くか。二人とも儂の足につかまれ」

「はい、師匠！」

三ツ橋は、駒子の左の脛《すね》を抱きかかえる。

「いや、でも……」

——まさか、ここから飛び降りるつもりなのか？

バン！

ついに扉が破られた。机や椅子が我先にと屋上に飛び出す。

久遠は覚悟を決め、残った右脛に飛びついた。

「離すでないぞ。しっかりと、つかまっておれ」

夜鳥子は、ポニーテールを解く。左右の手が久遠と三ツ橋の後ろ襟《えり》をつかむ。

「八咫《やた》！」

足下から、風が吹き上げる。

その風にあおられ、駒子の長い髪が、舞い上がる。

髪は左右に等しく分かれ、縒《よ》りあわされ、さらに伸び、大きく大きく広がっていく。

やがて、駒子の両肩に現れた、一対の巨大な三角形。

それは、翼長一〇メートルを超える漆黒《しっこく》の翼だ。

「目指すは、お好み亭ミツハシ！　飛べぃ！」

くわぁぁぁぁ。

頭上で烏《からす》が一声、鳴いた。

ばさっ。

たった一度のはばたきが、屋上に凄まじい烈風《れっぷう》を巻き起こす。

三人の体が、秋の夜空に吸いこまれていく。

最後に見えたのは、吹き飛ばされ地上に落ちていく、たくさんの机と椅子だった。

——明日が勝負だ。

星を見上げて、夜鳥子は思う。だが、夜鳥子は気づいていない。奇《く》しくも時を同じくして、まだ姿を見せぬ最後の鬼が、同じことを考えていたことを。

第六章　傀儡《くぐつ》渡《わた》り——土曜日

八咫【やた】
頭部に隠された烏の式神。召喚時は頭髪が翼に変形し烈風を巻き起こす。夜鳥子《ヌエコ》の飛行形態。

―1―

土曜日。少女は走っていた。
友だちや先生が伸ばす手の中を。
ポニーテールを背で跳《は》ねあげ、汗の滴《しずく》を飛ばしながら、両の手を振って。命懸《いのちが》けで。
今日、駒子《こまこ》を追うのは、鬼に操《あやつ》られた〃生き人形〃たち。
この中の一人に最後の鬼が潜《ひそ》んでいる。だが、それを確かめる術《すべ》は今はない。
――でも必ず勝つ。
駒子は、心の中でそう誓《ちか》うと、一階に続く階段を、全速力で駆けおりた。
目の前には、一階の廊下《ろうか》が、ただ真っすぐに伸びている。
二階の喧騒《けんそう》が嘘《うそ》のように静かだ。
――必ずここで仕掛けてくる。
――でも仕掛けられる前に、駆け抜けてみせる。
廊下の突き当たり、東階段までの距離、およそ五〇メートル。七秒を切る。
駒子は、夕陽《ゆうひ》に染《そ》まるコースに飛び出した。

四〇メートル……、三〇メートル……。あと二〇メートル。
その時、前方で教員室の扉が、けたたましい音を立てて、廊下に倒れた。
わさわさと、廊下にあふれだす人影。
数学の寺井《てらい》は、巨大な三角定規《じょうぎ》の切っ先を、駒子に向けた。
保健医の加美山《かみやま》は、数本のハサミと注射器をにぎっている。
陸上部の顧問《こもん》、斎藤《さいとう》は、砲丸《ほうがん》の球を二つも抱えている。
化学の吉岡《よしおか》が、手にしているのは、液体の入った大型の三角フラスコ。
他にあと七、八人。手近な物で武装した教師たちが、駒子の行く手に立ちふさがった。
一歩、また一歩。ゆらゆらと駒子に近づいてくる。
突然、きゃぱしてぃ小野《おの》が、滅茶苦茶《めちゃくちゃ》に竹刀《しない》を振りまわした。
小野は、他の教師を見ていない。
他の教師も、小野の凶刃《きょうじん》を見ていない。
全員が、どろりとした生気《せいき》のない目で、駒子だけを見ている。
小野の竹刀が、吉岡の顔面に炸裂《さくれつ》した。吹っ飛ぶ銀ぶち眼鏡《めがね》。
吉岡は後頭部から、ごとんと床に倒れる。
吉岡が持っていた三角フラスコが宙を舞い、中の液体が加美山の脚《あし》に降り注ぐ。
じゅっ。

音のあとに、加美山のストッキングと肉がこげる臭《にお》い。

加美山は、黒々と焼けただれた自分の脚にのろのろと目を落とすと、だしぬけに寺井の背にハサミを振りおろした。

寺井はその勢いに押され、吉岡の上に重なる。

大きな三角定規が、吉岡の腹を、ずぶりと突き破る。

「な、なによ、これ……」

駒子の震え声に、全員が駒子をまた見る。どろりと淀《よど》んだ目で睨《にら》む。

そしてまた、一歩、また一歩、さらに一歩。駒子のほうに歩き出す。

駒子は、得体《えたい》の知れない恐怖に、あとずさり、後ろを振りかえる。

だが、廊下の西側は、二階から降りてきた、別の生き人形たちが埋《う》め尽《つ》くしている。

逃げ道はない。

「この〝せえらあ服〟は、一張羅《いっちょうら》か?」

唐突《とうとつ》な夜鳥子《ヌエコ》の問いに、駒子は我に返る。

「親戚《しんせき》のお姉ちゃんのお古が、もう一枚あるけど……」

——なぜ、こんな時に、そんなこと?

「では、上の道を行くぞ」

——上?

「仰向《あおむ》けに、思い切り高く飛べ」

——仰向け、ということは背面跳び？

ダメだよ、私、自分の身長くらいしか跳べないから、先生たちを越えられないし。それに、マットもないとこで、着地、どーすんのよ。

「急げ、来るぞ！」

——ああ、もう知らない。

狙《ねら》いは、とりあえず一番背の低い、英語の黒田《くろだ》。

駒子は助走を開始した。

突如《とつじょ》、自分のほうに向かってきた駒子を、黒田はただ見つめている。

タ、タ、タ、タ、タン。

駒子は、黒田の目の前で、体をひねると、黒田に背を向けてジャンプ！

その刹那《せつな》に、夜鳥子の声。

「阿修羅《あすら》」

だが、黒田の頭を越えられない。

黒田の顔に、駒子の背中が激突する……。

びり……、びり、びりびりびり……。

突然、駒子の制服の背中が、大きく裂ける。

そこから飛び出したのは、駒子の背ほどもある四本の蜘蛛《くも》の脚。
その脚が、黒田を突き飛ばす。
そして廊下の天井に、ぐしり、と脚を刺《さ》しこんだ。
駒子が見たのは、逆《さか》さになって自分を見下ろす、教師たちの顔。
いや、逆さなのは、天井に張りついた駒子のほうだ。
ざ、ざ、ざ、ざ、ざ、ざ、ざ。
教師たちが見上げる、その頭上を駆け抜けると、駒子は、廊下の端《はし》に着地。
そのまま、疾風《しっぷう》のごとく東階段を昇る。
目指すは、三階、決戦の地！

―2―

決戦まで二十四時間を切っていた。だが今はまだ金曜日、午後六時半。
はるか足下《あしもと》には、歩きなれた学校に続く坂道。
顔を上げれば、星空に溶けこんだ真っ黒な大烏《おおがらす》の翼が見えた。
机と椅子の襲撃《しゅうげき》をからくも逃れ、駒子、久遠《くどう》、三ツ橋《みつはし》の三人は学校の屋上から脱出。
そのまま空路でお好み亭ミツハシの屋上に無事到着。とりあえず三ツ橋の部屋に落ち着いた。

部屋に入るなり、駒子がドレッサーの前に座りこむ。

「ねぇ、三ツ橋ちゃん、これ、借りるよ？」

「あ、どうぞどうぞ」

「ところで、お腹《なか》が一杯になるイベントって何？」

「それは企業秘密です。お楽しみに」

意味深《いみしん》な笑顔を残すと、三ツ橋は、そそくさと階下に姿を消した。

久遠は駒子の後ろに立つと、鏡の中の駒子に話しかける。

「けっこうヤバかったよな。にしても、夜鳥子は手品師か。あの鳥、いったいどこから出したんだ？　烏の刺青《いれずみ》なんて、あったか？」

「知らないわよ、そんなこと。あぁ、もぉ……、あの八咫《やた》とかいうやつ、嫌い。見てよ、この頭、ボサボサ！」

駒子は、複雑に絡《から》みあった髪《かみ》と、ブラシ一本で格闘中だ。

その様子を後ろから眺《なが》めていた久遠が、それを見つけた。

「あー、あったぞ」

一羽の烏が隠れていた。いつものポニーテール、その結び目のちょうど下あたりに。

久遠は、駒子の後頭部を〝中指と人差し指〟の腹でとんとん小突く。

「へー、髪の毛の中なんだ？　どこ、どこ？」

駒子は体をひねって、後ろ姿を正面の鏡に映す。横目で新しい刺青を確認しようとするが、うまく見えないらしい。まるで自分の尻尾《しっぽ》を追いかける仔犬だ。

久遠はその恰好《かっこう》がおかしくてしょうがない。笑いそうになるのを懸命《けんめい》に耐えている。

「ししし、しかし、夜鳥子は、式神をいくつ飼ってんだろうな？」

駒子は、鳥探しをあきらめたらしく、髪を束《たば》ね始める。

「さぁね？　蟹《かに》の潮丸《うしおまる》でしょ。反抗期の舞《まい》に……。背中の蜘蛛は、なんてったっけ？」

「えーっと確か、阿修羅《あすら》。あと、人面《じんめん》ムカデの百爺《ももじー》。そういやぁ、あのムカデ爺さんの刺青は、どこにくっついてるんだ？」

「そ、それは企業秘密です……」

駒子は、ことのほか狼狽《うろた》えている。この件は、詮索《せんさく》しないほうがよさそうだ。

「あとは虚《うろ》と、さっきの八咫と……あぁ！　そうだよ。あの赤いのと青いの。玉《たま》と虎《とら》。なんで三ツ橋の胸から出てきたんだ？」

見慣れたポニーテールが振り向く。

「夜鳥子が、今日は私の体力が落ちてるから用心にって。保健室で、こうやってさ。三ツ橋ちゃんのと、くっつけて……」

駒子は、目を閉じ口を半開きにすると、空気を抱きかかえてみせた。

久遠は二人の、その様をあれこれ想像して言葉を失った。

「Q《キュー》、思いっきり鼻の下、伸びてるよ。あ〜よかった、夜鳥子が、おっぱい大好き星人のQに、式神を移そうと言いださなくて」

駒子は、ほくそ笑んで久遠を見上げた。久遠は慌《あわ》てて話題を変える。

「あ、あ、あ、そうそう！　階段のとこで使ったやつ、あれ、水虎《みずとら》だろ？　なんで、あんなのまで三ツ橋がもってるんだよ？」

「あれも移したのよ」

駒子は、こともなげに応《こた》えた。

「じゃあ、なんで夜鳥子がもってるんだ？　きのう、やっつけたはずだよな？」

「本人に訊《き》けば」

駒子が瞬《まばた》きすると、声が変わる。

「別にどうということはない。便利そうだったから飼うことにした。それだけだ。他の式もそうやって、どこかで拾《ひろ》うてきた」

「ひ、拾ったって？」

——おまえにかかると、鬼も犬猫扱いか。本当にとんでもない女だな。

「ところで、さっきの続きだけど……。鳥、蟹、蛾《が》。あと、蜘蛛と唐獅子《からじし》。それに、大蛇《おろち》にムカデ。それから水虎。えーっと、合わせて八種類。これで全部か？」

「まあ、そんなところだ」

「本当に？」

「儂《わし》は嘘《うそ》をつかん。式は八つ。それで全部だ」

「足の裏は？」

「……しつこいぞ。なんなら、ここで脱いでみせる。自分で数えればよかろう」

夜鳥子は憮然《ぶぜん》とした表情でスカーフに手をかけた。久遠は、ごくりと唾《つば》を飲んだ。

「バ〜カ、脱ぐわけないでしょ！」

久遠の淡《あわ》い期待と向こう脛《ずね》を、駒子が容赦《ようしゃ》なく蹴《け》りとばした。

「準備できましたよ。桂木《かつらぎ》さんも久遠くんも一階にどうぞ」

部屋を覗《のぞ》いた三ツ橋が、脛を抱えて転げまわる久遠を、不思議そうに見下ろした。


—3—


「では、これよりお好み亭ミツハシの新作メニュー審査会《しんさかい》を始めたいと思います。初美《はつみ》のお友だちも今日は、がんがん食べて、あとで採点のほうもよろしくね」

三ツ橋のお父さんは、愛想《あいそ》よく笑うと〝創作〟お好み焼きのタネを鉄板に落とした。

カウンターの向こうから、ジューという食欲を刺激する快音が店中に響きわたる。

駒子と久遠に用意された席は、一階の六人掛けのテーブル。

隣《となり》のテーブルでは、三ツ橋の三人の弟たちが、アニメの話で盛り上がっている。

奥の座敷では、招待された常連客たちに、三ツ橋がビールを注《つ》いでまわる。

なんだか妙な気分だ。こんなありふれた日常の中で、生きるか死ぬかの話を、これから始めようというのだから。

駒子も何か感じているのか一言も喋《しゃべ》らない。しかたなく久遠が口火《くちび》を切った。

「それで、あの机や椅子が最後の鬼なのか？」

「え、最初？　最初のお好み焼き？　なんだろうね？　楽しみだよね」

駒子の目は調理中のカウンターに釘《くぎ》づけだ。

……ダメだ、この女は話にならん。

久遠は、駒子の目の前で、手を一つポンと打つ。駒子が瞬《まばた》きし、夜鳥子に変わる。

夜鳥子も、カウンターを凝視《ぎょうし》したまま、一度も久遠を見ない。

「……あれが最後の鬼だと？　笑止千万《しょうしせんばん》。あれは、ただの憑喪神《つくもがみ》。子供だましに過ぎぬ。まぁ、小手《こて》調べといったところか」

「あれで子供だまし？　じゃあ、最後の鬼は……？」

夜鳥子の表情が変わった。大きく目を見開く。その瞳《ひとみ》は何を捉《とら》えているのか。

三ツ橋のお父さんが両手に乗せて一度に運んできた、六枚の皿だ。

「ほい、第一弾、お待ち！　そっちが明太子《めんたいこ》のお好み焼き、略してメン玉。で、こっちは金平《きんぴら》ごぼう入りで、略してキン玉……なんちゃってな。ははは」

ははは、久遠は付き合って笑う。ふふふ、なんと夜鳥子も笑っている。

三ツ橋のお父さんが座敷《ざしき》のほうに行くと、大爆笑が起きた。……うけたらしい。

「最後の鬼か……だいたいの見当はついておる。まあ、焦《あせ》るな。順に話してやる」

夜鳥子は箸《はし》を割った。目の色が変わる。それは獲物に狙いをつけた猛禽類《もうきんるい》の目だ。

その後は、久遠がいくら話しかけても、夜鳥子は口をつぐんでいた。

いや、つぐんでいたのではない。それは、食いちぎり、嚙《か》みしだき、呑《の》みこむためにたえず動いていた。

メン玉とキン玉のちょうど半分を食べ終えた時、駒子にバトンタッチ。

駒子は、半周の遅れを取り戻すべく、猛スピードでお好み焼きを平らげていく。

「もぉ！　夜鳥子のやつ、なかなか替わってくれないんだから……。でね、憑喪神ってのは、古い道具に憑く下っぱの鬼らしいよ。でも学校の机や椅子は、まだ新しいから、〝呪《のろ》いのシール〟みたいなのを貼《は》って、憑喪神を呼び寄せたんじゃないかって」

駒子は、一通り味見をすませると、残ったメン玉とキン玉を慎重《しんちょう》に解体し始めた。

「あぁ、隠し味はマヨネーズと浅葱《あさつき》。お、すりゴマと刻《きざ》み海苔《のり》、発見。しかし、あれだけたくさんの机や椅子に、一人でシールを貼ったとしたら、三時間はかかるよねぇ。地道というか、ご苦労さま、というか。きっとA型だね、この鬼は」

ばらしたお好み焼きを、まとめて口に放《ほう》りこむと、駒子は久遠をちらりと見る。

「ほういえば、Q、何型だっけ？」

「……A」

消え入りそうな久遠の声を、駒子の大呼《たいこ》が完全に消し去る。

「おじさーん！　メン玉とキンた……。お替わりぃ！」


「第二弾は、私が考えたレシピなんです」

三ツ橋が運んできた二枚の大皿に載《の》っていたのは、赤と緑の巨大なお好み焼きだ。

「あぁ、これ！　もしかして玉と虎でしょ？　唐獅子セットだ」

駒子の言葉に、三ツ橋が嬉《うれ》しそうに顔を綻《ほころ》ばせる。

「赤いのが〝赤玉〟で、青いのが〝青虎〟。さあ、召し上がれ」

三ツ橋に勧《すす》められるまでもなく、駒子は、さっそく二頭の唐獅子にかぶりつく。

「へ〜、中にチーズが入ってるんだ。ピザ感覚だね。この赤玉の中身は何だろ？」

上目《うわめ》づかいで考えながら、もぐもぐやっている駒子を、横目で久遠がにらむ。

「あのさぁ、そろそろ本題に入ろうぜ。最後の鬼、見当がついたんだろ？」

「にんじん、赤ピーマン、ベーコン、それに糸唐辛子《とうがらし》。ソースはケチャップ入りです」

三ツ橋にまで無視され、久遠はいらいらする。

糸唐辛子のところで瞠目《どうもく》した駒子は、さらに好奇心を掻きたてる。

「じゃあ、青虎のほうは？」

「だから、最後の鬼は……」

久遠はキレそうだ。

「ほうれん草、ニンニクの芽、アスパラガス、そら豆。ヘルシーでしょ？　ちなみにソースは、オリーブオイルにバジルを溶《と》いてみたんですけど、どうでしょう？」

「三ツ橋ちゃん、これ、いい。いけるよ！」

久遠はとうとう我慢できなくなった。

「駒子、おまえ、ちょっと休んでろ」

駒子は、青虎を口にくわえたまま、え？　という顔つきで振り返る。その目の前で、久遠は、ぱちんと手を叩《たた》く。

駒子が瞬《まばた》きすると、何事もなかったかのように、青虎は夜鳥子の口の中に消えた。

「三匹の偽《にせ》の水虎、それに大量の憑喪神……。その奇計《きけい》から察《さつ》するに、最後の鬼は、傀《く》儡《ぐつ》渡り、と儂は見る」

自若《じじゃく》とした夜鳥子の口調が、三ツ橋の表情から、さっと笑みを消す。

「どんな鬼なんですか？」

「取り憑いた人間ばかりか、その周囲のものも傀儡として使う」

クグッ？　と首をかしげた久遠に、三ツ橋が「人形」と耳打ちする。

夜鳥子は軽くうなずくと、口中の青虎を飲みくだす。

「おそらく水虎も、傀儡渡りが操《あやつ》っておったのであろう」

「てーことは、鬼に取り憑く鬼だな」

どうだとばかりに身を乗り出した久遠に合わせて、夜鳥子も顔を近づける。

「傀儡渡りも鬼。人にしか憑かん。水虎を操るに便利な人間がそばにおったろうが？」

夜鳥子はそう問いかけると、はてと考える久遠を見ながら、赤玉を口に運んだ。

だが、次の瞬間、その口から今入れたばかりの赤玉が噴《ふ》きだした。

「宮本《みやもと》先生!?」

叫んだのは駒子だ。

「……ということは、あの時、宮本には二匹の鬼が潜んでた、ってことかよ」

顔に飛び散った真っ赤なソースを、おしぼりで拭《ふ》きながら、久遠。

鉄板の上にばら撒《ま》かれた赤玉の残骸《ざんがい》を、三ツ橋が集めている。その表情は険《けわ》しい。

「傀儡渡りは、まだ先生の中にいるんでしょうか？」

三ツ橋を申し訳なさそうに見守っていた駒子の目から、すぐさま反省の色が消える。

「さっき学校で、机や椅子に襲われたのをもう忘れたか？」

あ、という声とともに、鉄板を拭いていた三ツ橋の布巾《ふきん》が止まる。

「人から人へ宿主《やどぬし》を代えるゆえ〝渡り〟という。宮本に接触した者に移り、すでに学校に戻ってきておる」

「でも宮本は、病院にいるんだぜ」

久遠の疑念《ぎねん》を、夜鳥子の中で聞いていた駒子は、昼休みの放送を思い出す。

——病院の宮本先生を見舞い、握手《あくしゅ》してきた人物がいた。

三ツ橋も思い出す。

——その人物は、憑喪神に襲われた、あの時、あの場にも姿を見せた。

三ツ橋がその人の名を口に出そうとした、その刹那。

「初美！　次、上がったよ。ほら、どんどん運びな」

カウンターの向こうから、三ツ橋のお父さんの威勢のいい声が聞こえた。

—4—

「……校長だ」

自分で答を口にしたあとも、久遠はまだ半信半疑だった。だが、気分は高揚《こうよう》していた。

久遠が、その答に辿《たど》りついたのは、三時間におよんだお好み亭ミツハシの新作メニュー審査会も終盤《しゅうばん》に差しかかった時だ。

ちなみに、そこまでに繰《く》りだされた創作お好み焼きは、牛の肝《きも》とモツを具にした〝肝ツ玉〟、卵《たまご》を通常の三倍使った〝卵たま玉〟等など、実に十五種類。

「えっ、Q、まだ考えてたの？」

呆《あき》れ顔の駒子と、したり顔の久遠が目を合わす。

「校長なんだよ、傀儡渡りの今の宿主は。間違いない」

久遠は賛同《さんどう》を求めて三ツ橋に視線をうつす。

だが、困った面持ちで首を横に振っている。

「いや、信じられないかもしれないけど、校長なんだって」

久遠は必死に訴《うった》えた。

だが、駒子と三ツ橋には箸を止める素振りすらない。

「だってさ、Qに見破られてるのよ。もう他の人に移ってるって」

「あの時間でも教員室には先生方がいましたし、生徒も何人か残ってたかも」

久遠は思わず、大きな声をあげた。

「じゃあ、だれが傀儡渡りか、わからないじゃないかよ！」

久遠の声に、勝手にお好み焼きを作っていた三ツ橋の弟たちが、一斉に振り向く。三ツ橋は、何でもないと言う代わりに、姉ならではの怖い作り笑いを弟たちに見せた。

「……なに言ってんのよ。だから、どうするか、ずっと考えてたんじゃない」

駒子は声をひそめた。

「……え、そうなのか？」

久遠の声は、さらに小さくなった。

駒子が溜息《ためいき》をつく。それを頃合《ころあい》と見たか、夜鳥子が口をはさむ。

「傀儡渡りを滅《めっ》するには、一村丸ごと焼き払うのが常套《じょうとう》とされた。まあ、あれを見つけるのは、それくらい難しいということだ」

身も蓋《ふた》もない夜鳥子の助言に、久遠も三ツ橋も次の言葉が出ない。

「ただし今回は別だ。己《おのれ》の首を狙っている儂を放っておくとは思えん。探さずとも今日のように向こうから仕掛けてくる。それを待てばよい。それより……」

夜鳥子は、そこで言葉を切って、ニンニク満載の〝ニン玉〟に箸を伸ばした。

——それより、目の前のお好み焼きが大事なのかよ。

「それより、どこを戦場《いくさば》とするかだ。逃げられては厄介《やっかい》だ。今回は確実に仕留《しと》めたい。やつを閉じこめられる場所が、どこぞにないものか」

そう言うと、夜鳥子は三ツ橋を見た。

三ツ橋は、師匠《ししょう》の期待に応えようと難しい顔で頭をひねる。

そして、何かを思いついたように、あっ、と声を出した。

「今日最後の、上がったよ。初美、取りにきてくれ」

カウンターの中から、娘を呼ぶ、三ツ橋のお父さんの声が響いた。


—5—


「新作メニュー審査会の最後を飾るのは、この三品です」

三ツ橋が運んできたのは、小皿に載ったクレープのようなお好み焼きだ。

小豆《あずき》を包んだ〝アン玉〟。焼きリンゴの入った〝リン玉〟。パイナップルとハムが載っているのが〝ハワイアン玉〟。それに三色の甘いソースをかける。

「わぉ、デザートのお好み焼きだぁ！」

いつの間にか戻ってきた駒子が相好《そうごう》を崩《くず》した。

あぁ、この調子じゃ、また本題から脱線する、と久遠が顔をしかめた時。

「三階。あそこで決着をつけましょう」

三ツ橋が唐突に告げた。

「どうやって閉じこめるの？」

久遠が口を開くのより早く、駒子が訊《たず》ねた。

「魔法の扉を、この子たちが開いてくれます」

三ツ橋は、満面の笑みで、噂《うわさ》のFカップに手を添《そ》えると、誇《ほこ》らしげに持ち上げた。

その後、三ツ橋の説明を受け、役割分担を確認。本日の作戦会議は無事終了。

駒子と三ツ橋は、普通の女の子に戻り、三種類のデザートお好み焼きに舌鼓《したづつみ》を打つ。

「リン玉、最高！」

口の周りにラズベリーソースを鬚《ひげ》のようにつけた駒子が叫んだ。

「これなら学校の帰りにも、気軽に食べられると思うんですよ」

——気軽に？　どこが気軽だ。

にこにこ笑う三ツ橋を見て久遠は呆れた。今日の三ツ橋の食欲は、駒子と夜鳥子の底なしコンビに負けないくらい凄《すさ》まじかったからだ。

——そっか。そういうことか。

今日は三ツ橋も式神を使ったんだ。そう久遠は気づいた。そして決めた。

「あのさぁ、夜鳥子に頼みがあるんだけど」

久遠の声に駒子が振り向く。その表情はすでに駒子のものではない。

「なんだ、頼みとは？　貴様のアン玉を譲《ゆず》るなら、相談に乗らんでもない」

久遠は無言で、アン玉の載った皿を夜鳥子の前に押しだす。

「俺にも式神をつけてくれ。俺も役に立ちたいんだ」

「駒子を守りたいか？」

「あぁ、男だからな」

迷いのない久遠の即答を、夜鳥子は鼻で笑う。

「……そんなに、おかしいかよ」

「いや貴様ではない。儂の頭の中で跳ねまわる阿呆《あほう》を笑《わろ》うた」

夜鳥子は、アン玉を器用に箸で丸め口に運び終えると、その箸で三ツ橋の胸のあたりを指した。

三ツ橋は、こくりとうなずき立ち上がると、久遠の隣に来て座り、さらににじり寄った。

「久遠くん、こっちを向いて。緊張しなくて大丈夫。私がやってあげるから」

——お、おい、まさか、ここでやるのか？　せめて三ツ橋の部屋とか……。

久遠は、三ツ橋の部屋で、空気を抱きしめて見せた駒子の痴態《ちたい》を思い出す。そして頭の中で駒子を三ツ橋に置きかえる。さらに噂のFカップを想像しつつ、開襟《かいきん》シャツのボタンに手をかけた。

その汗ばんだ手をとり、三ツ橋が強く握った。

「雪虎《ゆきとら》、お引っ越しよ」

——えっ？　あぁ……。なんだ、そっちかよ。

にゅるり。

三ツ橋の声とともに、久遠の右手に何かが忍びこんだ。

久遠は思わず手を引っこめる。

おそるおそる指を開くと、手のひらの真ん中にホクロのような染みができていた。

「これが、あの水虎？　なんていうか、ずいぶん、ちぃちゃいんだな」

「式の力は、刺青の大きさに表れるゆえ」

――ってことは、駒子の背中一面を覆《おお》う蜘蛛や、左腕全体に拡《ひろ》がった舞の力って？

唖然《あぜん》とする久遠に、三ツ橋が声をかける。

「それと、この子は、水虎じゃなくて雪虎です。ちゃんと名前で呼んであげないと、言うこと聞いてくれませんよ」

――雪虎かぁ。

久遠は、自分のものになった手のひらの中の怪物《かいぶつ》を、まじまじと見つめた。

こうして決戦前夜は終わった。ちなみに、お好み亭ミツハシの新作メニュー審査会で最高得点をあげたのは、ポテトチップを砕《くだ》いて混ぜただけの〝ポチ玉〟。三ツ橋の弟たちが、暇《ひま》つぶしに遊びで作った、生焼けのお好み焼きだった。

—6—

土曜日、朝。

駒子はまだ決戦の相手を知らない。その相手に組み伏せられ恥辱《ちじょく》を受けることも……。

久遠は、電車で初めて駒子と一緒になった。

久遠がいつも乗る車輛《しゃりょう》は、けっこう混む四輛目。駒子は、比較的すいている一輛目を使っていたはずだ。なのに今日は、駒子も四輛目に乗っている。

駅に近づきブレーキが掛かる。少し揺《ゆ》れた。他の乗客に押され、吊《つ》り革に伸びた久遠の腕に、思わず駒子がしがみつく。ポニーテールから朝シャンの残り香《が》がした。

左腕の具合を駒子に訊くと、久遠の腕につかまったまま、肘《ひじ》までまくって見せた。

「なんでまた、こんな混んでる車輛に変えたんだよ？」

ホームに降り立つと、久遠が訊ねた。

「誰《だれ》かさんが、守ってくれるんじゃなかったっけ？」

駒子はそう言って、あっけらかんと笑った。

「今日で片づけようぜ」

「もちろんよ、明日は日曜日。走りたいもん」

——そっか、県大会だ。

学校は朝から大騒ぎだった。

当たり前だ。校庭に投げ捨てられ、階段や廊下を埋めた百を超える机と椅子。さらには机の中から放りだされた教科書や辞書が、見るも無残《むざん》に散乱《さんらん》していたのだから。

男子生徒は机や椅子の運搬《うんぱん》、女子生徒は掃除と本の回収をやることになった。

久遠は、机や椅子の裏に、妙な六角形の紙片《しへん》が貼られていることに気づく。

……これか？　きのう、駒子が言ってた呪《のろ》いのシールってのは。

あとで夜鳥子に見せようと、一枚はがしてポケットに入れた。

この後片づけに、二時間が費《つい》やされた。

連日の事件で授業は遅れに遅れていた。そこにこの二時間のロスが加わった。

頭を抱えた校長は、単純に始業を二時間ずらし、昨日の予告通り六時間の授業を行うと宣言。この理不尽《りふじん》な決定が校内放送で流れると、学校中でブーイングの大嵐が起きた。

図《はか》らずも「校長は鬼だ」と決めつける生徒もいて、久遠は思い出し笑いした。

机や椅子を動かした犯人の見当もつかないまま、授業が始まったのは午前十時半。六時間目が終わるのは午後五時半の予定だ。

こんな調子では、授業に身が入るわけがない。午後の三時を回ったあたりで、先生の話を真面目《まじめ》に聞いている生徒は、ほとんどいなくなった。

久遠もその一人だ。昼過ぎからずっと落書きに没頭《ぼっとう》している。

その内容《なかみ》は、日輪ノ陣《ひのわのじん》。人から鬼を引き剝《は》がす、おなじみの太陽マーク。

久遠は、三ツ橋からもらったそのコピーを、ひたすら、なぞっている。

自分がなぜ、こんなことをやっているのか理由はよくわからない。

ただ、いくらあっても今日の決戦に足りない気がした。いや、何かをやっていないと叫びだしたくなるような昂《たか》ぶりを、落ち着かせたかった。それだけかもしれない。

ふと気になり振り向くと、駒子は腕組みして、こくりこくりと舟を漕《こ》いでいる。

——なんだよ、その緊張感のなさは……。大したもんだな、おまえはよ。

苦笑いすると、久遠はまた続きを描きはじめた。

結局、久遠が満足に仕上げた日輪ノ陣は、たったの六枚。しかも三ツ橋からもらったコピーを、裏からなぞったものだから、図形は見事にひっくり返っていた……。

——いったい何やってんだかな、俺は。トホホだ。トホホ。

久遠は、深い溜息を一つつくと、その紙をポケットに捻《ね》じこんだ。

陽《ひ》が傾きかけたころ、六時間目の終わりを告げるチャイムが鳴った。

この音を久遠は目を閉じて聞いていた。

午後一杯かけた作業を、まったくの徒労《とろう》に終わらせた自分のバカさ加減に、腹が立つのを通り越して、ひどく疲れていたのだ。
本当に長くてだるい一日だった。それも三ツ橋の号令でやっと終わる。
さあ、あとは決戦だ。傀儡渡りの野郎、どっからでも来い、だ。
必ず俺が、駒子を明日の県大会に送り出してやる。
「起立《きりつ》」
三ツ橋の声が教室に響く。
——よっこらしょっと。
続いて椅子を引いて立ち上がる音。三人分。
——三人分？
目を開けると、教室の中で立っているのは、駒子、三ツ橋、久遠の三人だけ。
残りのクラスメートと先生、生気のない六〇の目玉が、どろりと久遠を睨《にら》む。
いや、違う。久遠は気づく。
駒子だ。見ているのは後ろの駒子だ。こいつら、駒子を狙っている。
「ほぉ、ここで、生き人形を使《つこ》うてくるとはな」
夜鳥子の声に振り向くと、机の上に立つ駒子の脚と上履《うわば》きが見えた。
頭上から、駒子の声。
「……打ち合わせどおりにね。じゃ、お先ぃ！」

そう言うが早いか、駒子の脚が机を蹴《け》った。

駒子は一列とばしで、机から机に跳ぶ。

座ったままの同級生たちは、その姿を目で追うのみ。

その目の前を、駒子が跳ぶ。また跳ぶ。

三回目のジャンプで、教室の後ろの戸口の前に着地。

バシん！　力まかせに引き戸を開け放つと、そのまま廊下に飛びだした。

この音を合図に、人形たちが、ふらふらと立ち上がる。

まるで今まで、駒子がいなくなったことに気づいていなかったようだ。

そして一斉に、駒子が出て行った後ろの戸口に向かう。

三〇人全員が、狭い出口に一気に押し寄せる。

久遠と三ツ橋は、後ろの喧騒《けんそう》を尻目《しりめ》に前の出口に急ぐ。

久遠が廊下に顔だけ出し、様子をうかがう。

「いいぞ。三ツ橋、走れ」

久遠が三ツ橋の背中を、軽く叩く。

「それじゃ、久遠くん。合図、頼むね」

三ツ橋は、駒子が走ったのと逆方向に駆けだした。その手には携帯電話と丸めたコピーの束。

久遠は、三ツ橋を見送ると「雪虎」を呼び、水虎の蛸《たこ》クラゲで体を被《おお》った。
そして駒子を追いかける人形たちの後ろから、忍び足でついていく。
誰にも見えないその体で。

—7—

走り出した駒子は、振り向かない。
人形は、決して声を出さない。
だから駒子は気づかない、その後方で繰り広げられた地獄絵図に。
駒子が教室を飛びだすと、そのあとを追い、人形たちは後ろの戸口に殺到《さっとう》した。
最初の二体は、廊下に出ると、すぐさま駒子の姿に追いすがった。
まるでその目には、駒子しか見えていないかのように。
次に出てきた三体は、後ろから押され、足がもつれて無様《ぶざま》に倒れた。
駒子を追いかけようと、すぐさま起き上がろうとする。
バン！
内側から倒された二枚の引き戸が、三体の人形を下敷きにした。
だが、人形は痛みを感じない。

引き戸を背負うようにして、よろよろと立ち上がろうとする。
その時、二〇体ほどの人形が廊下に出ようと、一斉に引き戸の上に飛び乗った。
三体の人形は、再び、ぐしゃりと押しつぶされた。
ぁぁぁーぁぁーぁぁぁぁーぁーぁぁぁーぁぁ。
人形は、決して声を出さない。
ただ、三つの口からは、肺から押し出された空気の漏《も》れる音がした。
荒木《あらき》という人形は、鼻と耳から少し、口からは大量の液体を垂《た》れ流している。
安田《やすだ》という人形は、奇妙な方向に右肘が曲がっている。
小林《こばやし》という人形は、左の脛《すね》から白い物が突きだしている。
それでも三体の人形は、這《は》いでようと試《こころ》みる、駒子に少しでも近づこうと。
そして、引き戸が少し持ちあがった。
上に乗っていた数体の人形が、バランスをくずし廊下に転がる。
その人形をさらに踏みこえ、他の人形たちがゆらゆらと進む。
ごつん、ごつん、ごつん。
女の人形が起きあがろうとするたびに、踏まれて倒される。
ごつん、ごつん、ごつん。
三つ編みの頭が何度も床に打ちつけられ、廊下にいくつも赤い染みができる。

だが、人形は決して声を出さない。痛みも感じない。

踏まれている者も、踏みつけている者も、気づかない。

それが数分前まで、机を並べていたクラスメートだったことに。


透明になった久遠は、人形のように操られる同級生たちのすぐ後ろにいた。

そして目の前で次々に起きる凄惨《せいさん》な光景を、呆然《ぼうぜん》と見ていた。

どうすることもできなかった。吐《は》きそうになった。

だが、目をそむけるわけにはいかない。最後まで見届けなければならない。

なぜなら、それが今日の久遠の役目だから。

この中に、傀儡渡りに取り憑かれている人間が一人、紛《まぎ》れこんでいる。

そいつは、操られている芝居をしながら、残りの人間を操っている。

それが誰なのか、わからない。

だから、可能性のある者全員を三階に集めて閉じこめる。

操られている者の後ろについていき、最後の一人が罠《わな》の中に入ったことを見届け、三ツ橋に連絡を入れる。それが久遠の役目だ。失敗は許されない。

目の前でなにが起きても誰も助けない。傀儡渡りに気づかれないために。

重傷を負い、動けなくなった者は放っておく。傀儡渡りに取り憑かれていないからだ。

きのう、この役目を引き受けた時は、こんな酷《むご》いことになるとは思っていなかった。
こんな嫌な思いをすることが、わかっていたら断っただろうか。
いや、駒子や三ツ橋に、この惨状《さんじょう》を見せずにすんだ。
この役目は、自分でよかったのだ。
そう思い直すと、久遠は人形たちの背を追いかけた。

―8―

さらに二クラス分の生徒が加わり、人形の行列は五〇メートルを超えていた。
その最後尾が、二階の西階段に近づいてきた時、久遠は時間を確かめた。
駒子の足なら、すでに三階の東側で、三ツ橋と合流しているはずだ。
ふと前方に目をやると、階段を降りていく人形たちが見えた。
――まさか？
駒子は、階段を昇り三階に向かったはずだ。なぜ連中はあとを追わない。
焦った久遠は、思わず人形たちを追いこし、階段に急ぐ。
――おい、嘘《うそ》だろ。
久遠が見たのは、昇り階段に堆《うずたか》く積み上げられた、机と椅子だ。

これじゃ、三階には上がれない。
——駒子は？
駒子は、階段を降りたに違いない。
一階に傀儡渡りが仕掛けた罠があると承知で、自分から飛びこんだに決まっている。
なぜなら、それが今日の駒子の役目だから。
自分が囮《おとり》となり、憑かれている可能性がある人間全員を三階に誘いだす。
それが駒子の役目だからだ。
——そうだ。三ツ橋？
久遠は、階段脇のトイレの入り口に身をひそめると、携帯で三ツ橋を呼びだした。
頭の回転が速い三ツ橋は、すぐに事情を理解した。
三ツ橋が三階に昇るのに使った東階段のほうは、異状がなかったらしい。
となると、駒子は、一階の廊下を西から東に抜け、東階段を一気に駆けあがる。
駒子が現れるのは、三階の東側だから……じゃあ、三ツ橋の持ち場は……。
「三ツ橋、三階の西側まで一人で行けるか？」
「大丈夫。一人じゃないですから。久遠くんこそ気をつけて」
「あぁ」
——そりゃ、そうだ。

三ツ橋には無敵のFカップが二頭もついてる。

ま、こっちだって、蛸クラゲに被われた透明人間だけどな。

ふらふら進む生徒たちの後ろに戻ると、久遠は西階段を降りていった。


久遠が到着した時には、一階はすでに夕闇と静寂《せいじゃく》に包まれていた。

駒子が大立ち回りの真っ最中だろうと覚悟《かくご》していたが、肩透《かたす》かしを食った。

だが、暗がりの廊下を進めば、割れたガラス、倒れた引き戸、穴のあいた壁。

それに床にうずくまる、壊れて動かなくなった教師人形と、生徒人形が十数体。

これを見れば、ここで少し前に何が起きたか、久遠にもだいたい察《さっ》しがつく。

しかし、人間とは奇妙なものだ。

久遠は、目を覆いたくなる光景に、だんだん慣れてきていた。さらに言えば、その状況が悲惨《ひさん》であればあるほど、そこを無事に通り抜けた駒子を想像し胸が躍《おど》りさえする。

気づくと〝中指と人差し指〟を口に挿《さ》し入れ、指笛を吹くマネをしていた。そんな自分に久遠は、違和感と満足感の両方を同時に感じた。

――参ったな。

久遠は、東階段を昇っていく、最後の人形を見て溜息をついた。

片足を引きずっている。たぶん折れている。

あいつの足じゃ、三階まで、まだ五分はかかる。

—9—


駒子と三ツ橋は、三階の廊下の西側にいた。

三ツ橋の傍《かたわ》らには、すでに赤と青の唐獅子が控《ひか》えている。

二人は久遠の合図を、じりじりと待っている。久遠の合図とは、傀儡渡りが取り憑いている可能性がある者、その全員がこの三階の廊下に集まったことを報《しら》せる連絡だ。

だが、二人の目前には、八〇人を超える、操られた生徒や先生が迫っている。

「少々、押し戻したほうが、よさそうだな」

「そうみたいだね」

一つの口で、夜鳥子と駒子が会話している。

「下を取れ」

「あれかぁ……。やだなぁ」

「つべこべ言うな」

「へえ、へえ」

苦々しい顔つきのまま、駒子はスカートの中に手をいれ下着を脱ぐと、声をあげないよう、左手で自分の口を押さえた。

夜鳥子は、少し脚を開くと右手を股間《こかん》に挿《さ》し入れた。

びちゅ、ちゅりゅりゅりゅりゅりゅ。

必死で耐えている駒子の口から「ん」の音が連続して漏《も》れる。

夜鳥子は、人面ムカデの百爺《ももじー》を一気に引き抜くと、一本の長い鞭《むち》に変えた。

そして鞭を小脇《こわき》に抱《かか》え、鼻歌でも出そうなほど気軽な調子で、歩き出した。

「師匠、この子たちは、どうしますか？」

三ツ橋の問いに、夜鳥子は振り向かずに応える。

「無茶せんよう、言い聞かせておけよ」

三ツ橋は、二頭の前にかがみ、頭を撫《な》ぜる。

「噛《か》んじゃダメ、爪《つめ》もダメ。ちょんって押すだけよ。ちょんだよ。いい？」

かつて何百と人を屠《ほふ》った二頭の猛獣が、こくこく嬉しそうにうなずいた。

「いい子ちゃんたち、行ってらっしゃい！」

三ツ橋がその背を、ぽんと叩くと、赤と青の唐獅子は、大きな体を躍らせ駆けだした。

見る間に夜鳥子を追い抜くと、人形の群集に頭から突っこんだ。

五人、一〇人、二〇人。二頭の鼻先に、人間が折り重なって運ばれる。

どどどどど。どどどどど。

あっという間に八〇人。廊下の端まで、一気呵成《いっきかせい》の電車道。

どどどどどどどどどどどどどどどどどどどどどど……ど。

そして二頭は、三ツ橋のもとに、ゆうゆうと引きあげてきた。

「はい、よくできました」

夜鳥子は、誰もいなくなった廊下の真ん中で、所在《しょざい》なげに鞭を一度ふった。

一呼吸おくれて、廊下の窓ガラスが一斉に割れる。

その時、三ツ橋の携帯が鳴った。

急いで戻ってきた駒子も、三ツ橋に頰《ほお》をよせて久遠の声を聞く。

「こちら、透明人間Q。最後の一人が今入った。いいぞ、三ツ橋、閉めろ」

「久遠くんは？」

「また、おとといみたいなことになったら、あれだから。俺、外で待ってるよ」

久遠と三ツ橋の会話に、駒子が割りこむ。

「Q、お疲れさん。あとは任せて」

「あれぇ、駒子？　あのさぁ……」

「なに？」

「頑張れよ」

「うん、ありがと！」

携帯を切ると、三ツ橋は、赤い唐獅子のそばにしゃがみ、天井の一点を指さした。

「いい、玉ちゃん？　あの白いのを狙って、ふって吹いて。本気はダメ、優しくよ」

赤い唐獅子は、天井を見上げると、口を少し開けた。

その口から、赤い火の玉が一つ、天井に向かって放たれた。

火の玉が向かった先には、点検したばかりの火災検知器。

ジジジジジジジジジジジジジジジジジジジジジジジジジジジジジジジジジジジジジジ。

学校中に火災を報《しら》せる警報が、けたたましく鳴り響く。

そして……。

三階の廊下の東と西に設置された、二枚の大きな防火扉がゆっくりと閉じた。


―10―


二頭の唐獅子に将棋《しょうぎ》倒しにされた人形たちが、次々にのっそりと起き上がる。

そしてまた、駒子を求めて、ゆるゆると歩き始めた。

その姿を、うんざりした表情で見ていた駒子に、夜鳥子が声をかける。

「舞を見せてみい」

駒子はセーラー服の裾《すそ》に一度、手をかけた。が、思い直して背中に開いた大きな裂け目に、頭と左腕をぐぐらせた。

肌をさらした左腕には、すみれ色の小さな蛾、四匹の刺青が見えた。

「薄い紫色が四つか。ま、これなら、なんとか使えるだろう」

そう言うと夜鳥子は、左腕を水平に上げ、拳を握る。

「舞よ。そろそろ機嫌を直して、儂の仕事を手伝え」

左手を開くと、四匹の小さな蛾が現れ、人形たちのほうに飛んでいく。

「三ツ橋、しばらく息を止めておれ」

四匹の蛾は、のろのろと行進を続ける人形たちの頭上に達すると、一斉に燐粉《りんぷん》を落とし始める。

きらきらと輝きながら、ゆっくりと夢幻《むげん》の粉雪《こなゆき》が廊下に降りそそぐ。

その美しさは、感情がないはずの人形ですら、思わず見上げるほどだ。

そして見上げたままの姿勢で、一人、また一人、さらに一人、昏倒《こんとう》していく。

その数は加速度的に増え、あちこちで、ばたばたと倒れこむ。

やがて、立っている者は、夜鳥子と三ツ橋だけになった。

口を閉じ鼻をつまんだ三ツ橋に、夜鳥子が命じる。

「もういいぞ、三ツ橋。さ、最後の仕上げだ。日輪ノ陣を張れ」

三ツ橋は、大量の太陽マークのコピーを抱えると、倒れている生徒や教師を踏まないように気をつけながら、廊下の壁にずらりと並べて貼っていく。

「傀儡渡りよ、観念《かんねん》せい」

夜鳥子は口元に不敵《ふてき》な笑みを湛《たた》えながら、呪文を唱《とな》える。

「と、こ、や、な、む……い、よ、み、ふ、ひ……」

壁に並んだ日輪ノ陣が、一斉に輝き、床に倒れている人々の上に光を落とす。

「百爺、この中の一人が、じきに動く。それを縛《しば》って連れてまいれ」

夜鳥子が無造作《むぞうさ》に床に落とした鞭が、しゅるしゅると廊下の床を走っていった。

だが、いくら待っても変化は起きない。

人面ムカデは、倒れている人の頭を小突《こづ》き、胸や尻を触《さわ》り、挙句《あげく》の果てには口に頭を突っこみ中を覗《のぞ》いたりしている。

だが、誰もぴくりとも動かない。

「お嬢、ここには、いねぇよ。なんなら賭《か》けようか」

廊下の端で、人面ムカデが顔を上げた。

「うるさい。もう一度、丹念《たんねん》に調べろ」

小さな動きも見逃すまいと、夜鳥子も廊下を見渡した。

「また、あの旦那《だんな》、ヘマやったんじゃねぇの？」

人面ムカデが皺《しわ》だらけの顔に、皮肉一杯の薄笑いを浮かべた。

「本当に、これで全員か？」

焦《じ》れた夜鳥子が、駒子に訊いた。

「三ツ橋ちゃん、外に残ってるやつがいないか、Qに携帯、入れて、いちおう確認してみてくれる？」

「あ、そうですね」

三ツ橋は、急いで久遠の携帯を呼びだした。

呼び出し音が聞こえた。

——それは駒子のすぐ後ろから。

その瞬間、

……中……

……空……

……から……

……腕が生え……

……駒子の……

……左肩に……

何かを貼り付けた。

「うっ」

それは初めて聞く、夜鳥子の苦鳴。

びちゃ、びちゃ、びちゃ。

何かが床に落ちる音。駒子が音のするほうに振り向く。

何もないはずの空間から、水虎の蛸クラゲを剝がして、よく知る男の姿が現れた。

「人から鬼を引っぺがすのが日輪ノ陣なら、人に鬼を閉じこめる、こいつは、さながら月光ノ陣ってとこだ。ぬひひひ」


―11―


久遠は「ぬひひひ」という不気味な笑い声で目を覚ました。

どこまでも続く暗やみの中にいた。自分の手の先も見えない。

――俺、どうしたんだ。ここは、どこだ？

遠くに光が差す小さな穴が見える。その穴から外を覗くと駒子の背中が見えた。

左の肩に六枚の紙が貼られている。その一枚一枚に、日輪ノ陣が……。

いや、どこか違う。そうか、あれはその反転図形。

――あれ、俺が描き損じた裏返しの日輪ノ陣だよなぁ。なんで、駒子の背中に……？

暗やみの中に、なんとなく聞き覚えのある声が響く。

「きのう聞いた話じゃ、あんたの式神は全部で八つだったよなぁ。今はこの男とあの女に一つずつ貸し出し中。てーことは、六枚で足りるはずだ。ぬひひひ」

——なに、わけのわからないこと言ってんだ？　それに誰だ、こいつ？

久遠はもう一度、駒子の背中を見る。

なぜだ。背中の大蜘蛛も左腕の蛾も刺青は、みんな消えている。

駒子は、肩に手をまわし、貼られた紙をむしり取ろうとしている。

突然、誰かの腕が、駒子の横っ面《つら》を拳で思い切り殴《なぐ》った。

その瞬間、久遠は、見えない自分の手に衝撃を感じた。

駒子が床に転がっている。

——だれだ、やめろ！　駒子に何すんだ！　ちくしょう、ここから俺を出せ！

「あきらめなって。そいつは俺にしか剝がせねえ。ぬひひひ」

——また、さっきの声だ。この声のやつか、駒子を殴ったのは!?　許さねぇぞ！

駒子の鼻から一筋の血が流れている。

こちらを睨《にら》みつけながら、駒子が立ちあがろうとしている。

——なんでだ。なんで駒子は、こっちを睨んでるんだ？

「そんな怖《こわ》い顔したって、式を打てないおまえなんか、怖くねえんだよ！」

誰かの足が、今度は駒子の腹を蹴り上げた。

久遠は、自分の足の甲が、柔らかいものを強く蹴飛ばしたような感じがした。
――おい、まさか……。嘘だろ？
駒子を蹴ったのは……もしかして俺の足なのか？
じゃあ、あの声も……俺？　いったい何が起きてるんだ？
久遠には見える。床に手をつき、必死に立ち上がろうとしている駒子の姿が。
いや、あの眼差《まなざ》し。あれは、夜鳥子だ。あいつ、何かやらかすつもりだ。
「三ツ橋、こいつを押さえろ！」
夜鳥子の疾呼《しっこ》が響いた。
――そうだ、そうだよ。無敵のFカップ！
夜鳥子の声に合わせ、久遠の手が、パンと柏手《かしわで》を一つ打つ。
その音を聞くと、三ツ橋は一瞬、顔をしかめた。
「玉ちゃん、虎ちゃん、こいつを押さえつけて」
三ツ橋の号令に、赤と青の唐獅子が、久遠の背めがけて跳躍《ちょうやく》した。
だが、二頭の唐獅子は、久遠の頭を越え、駒子に飛びかかった。
――なんで？
三ツ橋は、どろりとした目つきに変わり果て、床にへたりこんだ。
久遠には、想像しようもない。

さっき三ツ橋の顔をしかめさせた痛み。それが三ツ橋が教室から出る時、久遠が軽く叩いたその背中に貼られた、小さな六角形の紙片から発せられたものだということを。

その紙片が、今朝、久遠がなにげなく剝がした、机や椅子を操っていた呪符《じゅふ》の一枚だということを。

丸二日間、久遠が無意識のうちに操られていたことを。

久遠は見下ろしている、床の上に仰向けにされている駒子を。

その小さな両肩を、巨大な二頭の唐獅子が、押さえこんでいる。

はぁはぁ、という獅子たちの生臭《なまぐさ》い息に、駒子が顔をそむける。

「ほら、どけ、バカ獅子。俺の獲物なんだからよ。ぬひひひ」

暗やみに笑い声が響くと、仰向けの駒子の顔が近づいた。

膝《ひざ》を折り、何か柔らかいものの上に座りこんだ感触を、久遠は尻に感じる。

——え、俺、駒子に馬乗りになってる？　やめろ、俺！

こちらを見上げる駒子の憎悪に燃える瞳。その瞳の色がふっと変わる。

「おい、傀儡渡り。宮本から久遠に移っていたなら、儂の寝首を掻《か》くくらい、たやすかったろうに。なぜ、こんな手のこんだ芝居《しばい》を打った？　貴様の狙いは何だ？」

——傀儡渡りが俺に憑いていた？　俺にぃ？　じゃあ、今のこの俺はどこにいる？

「この女の体ごと、おまえの式神をいただく」

——な、なんだって!?

久遠の右手の中指と人差し指が、駒子の下腹を這《は》うように弄《まさぐ》る。

——やめろ、やめろ、やめろ！　駒子に触るなぁ！

「ここに、この腹に、俺の子を百ほど孕《はら》ませる。それを、おまえの八つの式神に守らせる。となれば、この世に邪魔だてできる者はいない。ぬひひひ」

——なんてこった！　傀儡渡りは、俺の中で、じっと身を潜め、チャンスを狙っていたというのか!?　ちきしょう……。そんなのありかよ……。ちきしょう！

「さて、上の口から入るか、下から潜るか、どっちにしよう。ぬひひひ」

久遠の左手の中指と人差し指が、駒子の口に挿し入れられ、舌を撫《な》でまわす。

——駒子、かまわないから、俺の指なんて噛みちぎれ！

駒子は、久遠の言葉が聞こえたかのように、その指に思い切り噛みついた。

——痛い、痛い、痛い！

「おいおい、痛いってよ。久遠とやらが、俺の頭の中で叫んでるぜ。傷つくのはこの男の体。俺は痛くも痒《かゆ》くもない。ぬひひひ」

——なんだと？　傀儡渡りには俺の声が聞こえてるのか？　駒子の声が夜鳥子には聞こえる。それと同じなのか？

駒子は、噛むのをやめた。久遠の左手の中指と人差し指が、駒子の舌を、ねちゃねち

に太ももを伝い、スカートの中へ進む。

そして右手の中指と人差し指は、もう一度、駒子の下腹へ伸びる。そして腰へ、さらに太ももを伝い、スカートの中へ進む。

駒子は目に涙をためながら、必死に身をよじって抵抗している。

「いいぞ、いいぞ。もっと暴れろ。嫌がる女のほうが攻めがいがある。ぬひひひ」

──くそくそくそ。やめろ！　やめてくれ……。駒子にそんなことするな……。

突然、久遠の上半身が後ろに傾けられ、駒子の口から左手の指が抜かれる。

余裕ができた右手は、その中指と人差し指を、さらに奥へ。

撫でる……。つまむ……。こねまわす……。

その初めて味わう感触に久遠は絶叫した。

「なあ、姉ちゃん。口は自由にしてやったんだから、おまえも我慢しないで、俺の頭の中の久遠のように泣き叫んでくれよ。そのほうが興奮するんだよなぁ。ぬひひひ」

──ち、ちきしょう……。なんか、いい手はねぇのかよ！

待てよ、傀儡渡りが駒子に取り憑く前に、俺が傀儡渡りごと死ねばいいのか？　くそくそくそ、俺が一瞬で死ぬ方法だ。何か思いついてくれ！　そうだ、夜鳥子なら？　夜鳥子、おまえ、俺を殺せえ！　殺せ殺せ殺せ。頼む、殺してくれえ！

頬を上気させている駒子が泣き叫ぶ代わりに、いつもの調子で夜鳥子が訊ねる。

「ところで傀儡渡り、久遠はどうする？」

「この男、顔に似合わず物騒なことを考えやがる。そっちに移ったら、すぐに殺《や》る」

「ほぉ、それはいい。元は人であった貴様なれば、わかるだろう。今、この男が死ねば十中八九《じっちゅうはっく》、鬼になる。こやつの恨《うら》み、そうとう根深いでな」

夜鳥子の口元に妖《あや》しい笑みが、かすかに浮かんだ。

「そ、それが……、どうした？」

「賭けてもよい。この男、いずれ、儂より強くなるぞ。ふふふ、久遠が、どんな鬼となり貴様を殺しに来るか、さても楽しみなことよ」

——俺が鬼になる？　ああ、そうかい。鬼でも何でもなってやらあ！

ファーストキスも満足にできないまま死ぬなら、鬼になってやる。

指一本でも動く限りあきらめねぇぞ。いいや！　死んでも、おまえを殺してやらあ！

「……指？　指一本でもか？　おい、久遠。その〝ふぁーすときす〟とは、なんだ？」

傀儡渡りが、怪訝《けげん》そうに訊ねた。

「ああ、男と女の初めての口づけだ。ちょっと前に駒子としたんだけど、そのとき夜鳥子に邪魔されて……って、あれ!?　俺、俺の声が出てる！」

久遠は、自分の口から出た、自分の声に驚いた。

「けっ！　なにを言い出すかと思ったら……。それが、おまえの遺恨《いこん》かよ。くだらねぇな。せめて男なら最後に一発やらせろ、くらいのこと言えねぇのか。今ならちょうどいい塩梅《あんばい》なのによぉ……。ぬひひひ」

久遠の口がそう言うと、スカートの中から右手の指が抜かれた。その中指と人差し指をぺろりと舐《な》めながら。

「ま、いいだろう。俺が女を押さえててやるよ。さっさとすませて未練《みれん》を消しな」

久遠の両手が、駒子の頬を挟みつける。

「夜鳥子、わかってると思うけど、あの日みたいなこと、絶対にするなよなぁ」

心得た、夜鳥子がそう応えた。

久遠の顔が駒子に近づく。駒子の吐息がかかる。

駒子の瞳は、相変わらず久遠をじっと見つめている。

「……よく思い出したな」

濡《ぬ》れたような声で、そうつぶやいた駒子の唇《くちびる》が、久遠に重なった。

舌が入ってきた。駒子の舌は、まるで別の生き物のように、久遠の口の中を艶《なまめ》かしく動く。

久遠の舌が痺《しび》れるように強く吸われる。

途端《とたん》に苦痛に似た快感が口から喉《のど》におりる。

心臓が倍の早さで脈うった。

息がつまり、目の前が暗くなる。

「ざ…ざまぁ……みや……がれ……………」

小石が深い池に落ちるように、

久遠の意識は、すとんと消えた。

―12―

「Q！　男でしょ。しっかりして！」

駒子は、倒れている久遠の上に馬乗りになって、容赦《ようしゃ》のない、びんたを浴《あ》びせている。

三往復半で、久遠は、ようやく意識を取り戻した。

その横では、三ツ橋が二頭の唐獅子に顔を舐められ、起き上がろうとしている。

駒子は、ほっとする。

安心したら急に腹が立ってきた。取り憑かれていたとはいえ、久遠に殴られ、蹴られ、馬乗りにされ、挙句の果てに好き放題に触られまくった。それは変わらぬ事実だ。

駒子は、少し意地悪なことを考える。

――こいつ、どんな言い訳を並べるんだろう。

――何を言われても、とりあえず許してやらない振りをしよう。

——三日くらいは口を利いてやらないぞ。

——おごり百回というのは、どうかな。

——罰として、真っ裸で校庭を走らせるのも、笑えるかもしれない。

久遠はまぶたを開けた。自分を覗きこむ駒子の顔が見えた。

「……駒子、大丈夫か？」

——なによ、それ！

私の心配してる暇があったら自分の心配しなさいよ。大丈夫じゃないのは、あんたのほうでしょうが。もぉ、バカなんだから。

「……Qのバカ」

駒子の口から出たのは、結局、涙声のその言葉だけだった。

「おい、そうだ。傀儡渡り。あいつは、どうなった？」

久遠は、手をついて上半身を起こした。

「こやつのことか？」

夜鳥子は、久遠の上に腰を下ろしたまま、その目の前に、Y字型の二本の棒をぶら下げて見せた。

久遠は、それを見て息を飲む。

それは、真っ白な、人間の中指と人差し指だ。

「これが、傀儡渡り？」

まだ生きているらしく、ぴくぴくと痙攣《けいれん》している。

どこから声を出しているのか、白い二本指が何事かつぶやいている。だが、声が小さすぎて内容は聞き取れない。

夜鳥子は、立ち上がると、二本の指を耳に近づけた。

「式神は、全部で八つじゃなかったのかよ……」

白い指から蚊《か》の鳴くような声。

「儂は嘘などついておらん。嘘をついたのは、こやつだ」

そう言うと夜鳥子は口を開けて見せた。きれいに並んだ歯列。その奥に舌。

それが、よいしょ、とばかりに、もう一枚の舌によって持ち上げられる。

「これの通り名は、二枚舌の昼子《ひるこ》というてな。こやつの嘘には儂もほとほと手を焼いておる。が、いちおう儂の母に当たる女神の形見ゆえ、捨てるわけにもいかぬのだ。ふふふ、難儀《なんぎ》なものよ」

真顔でそう言ったあと、夜鳥子は、ぺろりと二枚の舌を出した。

「ど、どうせ、それも嘘……」

その言葉が終わらないうちに、夜鳥子は、白い二本の指を中空に放り投げる。

「女の嘘を見抜けぬ、己の未熟をあの世で呪え」

傀儡渡りは、二頭の唐獅子のちょうど真ん中に落ちた。

夜鳥子がうなずくと、二頭の唐獅子は、それに飛びつき、真ん中から引き裂くと、一本ずつ美味《うま》そうに食べた。


三人が新校舎から飛び出し、運動場の闇にまぎれた、ちょうどその時。

今週、何度目の出動になるのだろう。

サイレンを鳴らしながら校門を消防車と救急車が駆けぬけていった。

それを、すっかり花が散った桜の陰で、三人はやり過ごした。

「さて、儂はそろそろ去《い》ぬるぞ」

唐突な夜鳥子の訣別《けつべつ》宣言に、一番迷惑していたはずの駒子が狼狽《うろた》える。

「えーーー、もう行っちゃうの？　もう少しくらい……」

「刺青のある体では、明日の県大会に出られまいよ。だいたい鬼がいなくなっては、鬼切りは用がない」

三ツ橋は、もう泣き出す寸前だ。

「師匠……、お達者《たっしゃ》で」

夜鳥子は、三ツ橋を抱き寄せ、頭を優しく撫でながら、久遠に目を移す。

「貴様にも、いろいろ世話になったな。しかし、よくも、まあ、あの状況で〝ふぁーすときす〟を思い出せたものよ。ふふふ、久遠よ。おぬし、よほどの大物か、根っからのスケベか。どちらかだな」

「そりゃ、どーも……」

久遠は、まだ何か言いたげだ。

「えーっと、最後に一つ……。ひとつだけ訊きたいことが、あるんだけど」

「なんだ？」

「あんた、ずっと駒子の体を借りてたけど、元はどんな人間だったんだ？」

「あぁ、そんなことか」

夜鳥子は、はるか天上の月をつかもうとするかのように左手を伸ばした。

その手のひらから、一匹の蛾が夜空に舞いあがる。

「舞、おまえが見た儂の最後の姿、覚えておるか？」

小さな蛾が羽ばたくと、無数の流星と見まがうばかりの粉が地上に降る。

その金の煙幕《えんまく》の中に、うっすらと一人の少女の影が現れた。

年齢は十五、六歳。背は駒子と変わらない。長い髪を後ろで一つに結《ゆ》わえている。

艶《あで》やかな巫《み》女装束《こしょうぞく》に、墨《すみ》色のたすき掛け。

両手に一本ずつ、身の丈《たけ》ほどもある長い刀を持っている。

胸には一〇本以上の矢が刺さり、背中から腹を二本の槍《やり》が交差して貫《つらぬ》いている。

それでも強い意志を秘めた鳶《とび》色の瞳は正面を睨みつけ、口元には涼しげな笑みさえ浮かべている。

そして広い額《ひたい》の左右に――小さな二本の角。

「まさか……、おまえ？」

久遠の問いに夜鳥子は、もう応えない。

慌てて駒子が袖をまくる。三ツ橋は胸を覗きこんだ。

「玉ちゃん……虎ちゃん……、バイバイ……」

三ツ橋は、今は跳ねない二つの膨《ふく》らみを、いとおしそうに抱きしめた。


駒子は、三ツ橋の家でシャワーと服を借りた。

そのあと、三ツ橋ご推薦《すいせん》のカレーハウス・ラタ・マンゲシュカに三人で繰《く》り出した。

この店の名物メニューは〝激辛バケツカレー〟。

バケツと呼ばれる専用のボウル一杯で三人前。真っ赤なスープには通常の八倍の唐辛子が投じられているらしい。

強烈な空腹感だけが、ほんの数時間前まで自分たちの体に、大食漢《たいしょくかん》の式神たちがいたことを思い出させた。この空腹感も今日が最後だ。こんな暴食、もう一生することはないだろう。

三人は無言のまま、ただ涙と汗と鼻水をだらだら流しながら、一人バケツ二杯ずつ一気に完食。

そこで駒子が、はたと気づく。

「三ツ橋ちゃん、もしかして、これ。夜鳥子に食べさせるつもりだったでしょ」

「あ、ばれました？　師匠にも気取られてたかもしれませんね。だから、あんなに、そそくさと去られたのかも……」

「メチャクチャ意地っ張りなやつだったもんな。儂に弱点などぬぁ～い、とか言ってさ。……あいつにこれを食わせて、どんな顔するか見てみたかったよな？」

久遠が、ぽつりとつぶやいた。

そのあと三人は、さらにバケツ一杯ずつお替わり。

また汗と鼻水をとめどなく流し、大量の涙は辛さのせいにした。

店を出て、駅前で三ツ橋と別れ、久遠は、駒子をうちまで送っていった。

家の門灯が見えた時、急に駒子が立ち止まる。

「ねぇねぇ、Q」

駒子は、久遠の顔を見上げた。

――うわっ、やべぇ！　この目は何か企《たくら》んでやがる。

俺の返事に関係なく、すでにとんでもないことを勝手に決めている目だ。

「あしたの県大会。私、思いっきり走るから。Qに見ててほしい」

「おうよ、ばっちり応援してやる」

「そ、れ、と……」

「まだ、あんの？」

「やっぱ、ちゃんと、やり直そっ」

「なに？」

答える代わりに、駒子のまぶたが、そっと閉じた。

終章　決《けつ》戦《せん》——日曜日

昼子【ひるこ】
夜鳥子《ヌエコ》の××に潜む蛭《ひる》の式神。生き物の精を吸う。夜鳥子に宿る式神の中で最も謎が多い。

終章　決戦――日曜日

日曜日。少女は走っていた。

陽炎《かげろう》が揺《ゆ》れる土のトラックを。

ポニーテールを背で跳《は》ねあげ、汗の滴《しずく》を飛ばしながら、両の手を振って。まるで命を懸《か》けているかのように。


快晴の空に、スタートを告げるピストルの音が響《ひび》き渡る。

県大会、女子四〇〇メートルハードル決勝戦。

駒子《こまこ》は、某《ぼう》人気アイドルグループのヒットソングを頭の中で口ずさみ、次々に現れる障害をやすやすとクリアしていく。

その背に追いすがる影。影。影。

だが、何者も駒子の足を止めることはできない。

「いけぃ～駒子！　優勝したら、おごり一回だ！」

「がんばって、桂木《かつらぎ》さん！　走れぇ！」

スタンドから、久遠《くどう》と三ツ橋《みつはし》の応援する声が聞こえた。

了

まだ見ぬテレビゲームのリプレイ小説

ゲームデザイナー　桝《ます》田省治《だしょうじ》

駒子《こまこ》が鬼に追いかけられ走る場面は、障害物《しょうがいぶつ》や敵の攻撃をよけ、ひたすら耐えるアクションゲーム。そのテーマは〝マゾ〟。夜鳥子《ヌエコ》が鬼と戦う場面は、圧倒的な力で敵をねじ伏せる格闘ゲーム。こちらのテーマは〝サド〟。鬼に憑《つ》かれている人を探す場面は、簡単なアドベンチャーゲーム。SとMの鮮烈《せんれつ》な対比。全8ステージ！

二年ほど前、そんな感じのテレビゲームを、ふと思いつき企画書にまとめてみた。が、よくよく考えてみれば、僕は反射神経が肝《きも》となるゲームを作った経験がない。

……ということでこの企画書は、小説家の海法紀光くんが僕の事務所に遊びに来て、机のゴミの山を漁《あさ》るまでの半年、放置されていた。

彼にSM趣味《そっちの》があるかどうかは知らない。が、小説にしてみたいと言い出したので企画書を預けた。ほどなく簡単なプロット、続いて一章が送られてきた。実に面白かった。で、この頃の僕はといえば、傲慢《ごうまん》かつ無責任な原案企画者を決めこんでいた。

が、しかしだ。僕の無茶な注文が祟《たた》ったのか、海法くんは体調不良で寝こんでしまう。

数ヵ月後、無事に復帰したのだが、その間に断れない仕事が山のように溜《た》まったのだろう。二章の中盤あたりで止まってしまった。

猛烈に続きが読みたかった。が、いくら待っても送られてくる気配がない。しょうがない。自分で書くことにした。

が、よくよく考えてみれば、僕は小説を書いた経験がない。おまけに傲慢かつ無責任な原案企画者が書いて寄越《よこ》したらしい、ふざけた注文が目の前に並んでいた。

「章の頭は走ってる場面から始めろ」「各章に新しい式神を登場させろ」「宿主を探す→鬼から逃げる→ピンチ→鬼と戦闘。このパターンを繰り返せ」「駒子と一緒に読者の目も走るキレのいい文体で書け」「セーラー服、ブルマー、スクール水着、全部脱がせろ」「理由は後回し、まず行動で示せ」等など。

小説とゲームは違うんだ、馬鹿野郎！　と、桝田の口が省治に何度も悪態《あくたい》をついた。人それぞれだが僕の場合、ゲームはシステム構成から考える。乱暴に言えば、世界設定やストーリー、とくに人物造詣《ぞうけい》なんぞは二の次だ。なにしろゲームでは、多くの場合、主人公をプレイヤーが操《あやつ》る。つまりキャラクターは適度に空っぽの器《うつわ》が望ましい。

ところが知り合いの物書きに「小説ってどうやって書くんだ。教えろ」と丁寧《ていねい》に訊《き》くと、小説はキャラクターが動かすものだと、口をそろえて言いやがる。溜息《ためいき》が出た。

最初の三日は、まったく筆が進まなかった。なにしろ場面転換や会話のつなげ方すらわからなかったのだ。だが、四日目あたりで吹っ切れた。いいや、自分が読みたいものを書こう。そう腹をくくった。そこから先はノリノリだ。書き終えてみれば「京都、修学旅行編」くらいは、まだいけるぞ、と思ったほどだ。

さて小説の続きを読みたかった僕の欲望は満たされた。今は、夜鳥子がテレビ画面の中で妖艶《ようえん》に舞うところが見てみたくなった。きのう、破《やぶ》れたはずのセーラー服が、次の日には新調されている矛盾《むじゅん》に、心が広く賢明《けんめい》なプレイヤーが目をつぶりさえすれば、手強《ごわ》い倫理《りんり》規定もなんとかクリアできるはずだ（笑）。

最後に、読者を完全に置いてきぼりにし、小説の体すらなしていなかった初稿を、ここまで敲《たた》いてくれた友人たちの根気強さに深く感謝。

二〇〇六年二月五日　娘の六歳の誕生日を祝いつつ

■ご意見、ご感想をお寄せください。

ファンレターの宛て先
〒102-8431東京都千代田区三番町6-1
株式会社エンターブレイン　ファミ通文庫編集部
桝田省治　先生
佐嶋真実　先生

■ファミ通文庫の最新情報はこちらで。

エンターブレインホームページ
http://www.enterbrain.co.jp/fb/

■本書の内容・不良交換についてのお問い合わせ。

エンターブレイン カスタマーサポート　0570-060-555
(受付時間 土日祝日を除く 12:00～17:00)
メールアドレス：support@ml.enterbrain.co.jp

ファミ通文庫

鬼《おに》切《き》り夜鳥子《ヌエコ》
～百鬼《ひゃっき》夜行《やこう》学園《がくえん》～

二〇〇六年七月一二日　初版発行

著　者　桝田《ますだ》省治《しょうじ》
発行人　浜村弘一
編集人　青柳昌行
発行所　株式会社エンターブレイン
〒一〇二-八四三一　東京都千代田区三番町六-一
電話　〇五七〇-〇六〇-五五五（代表）
編　集　ファミ通文庫編集部
担　当　渡辺彰規
デザイン　渡辺公也
写植・製版　有限会社ワイズファクトリー
印　刷　凸版印刷株式会社

定価はカバーに表示してあります。

ま2
1-1
609

©Shoji Masuda　Printed in Japan 2006
ISBN4-7577-2829-8
協力：海法紀光

鋼鉄《はがね》の白兎《しろうさぎ》騎士団II

既刊 鋼鉄の白兎騎士団I

著者／舞阪 洸
イラスト／伊藤ベン

いきなり白兎騎士団存亡の危機!?

入団早々、前代未聞のルーキーぶりを猛烈アピールするガブリエラたち。そんな中、副団長のレフレンシアから指令が下される。果たして問題児だらけの「雛小隊《ひよこ》」は指令を遂行できるのか？　そして、めくるめく乙女の園(温泉付き)「白兎騎士団《しろうさぎ》」を激震させる事件の行方は!?

ファミ通文庫　発行／エンターブレイン

学校の階段2

既刊 学校の階段

著者／櫂末高彰
イラスト／甘福あまね

大反響学園グラフィティ第2弾!!

晴れて生徒会公認になった階段部。次はいよいよ学校公認の部へ！　と顧問獲得と女子部員増員に奔走する幸宏《ゆきひろ》たち。そんな中、階段部の存在が理事会をも巻き込み、校内入り乱れての階段レースへと発展!?　はたして階段部は「階段レースなら最強」を証明できるか!?

ファミ通文庫　発行／エンタープレイン

ミスティックM.A.D.

著者／藤原健市
イラスト／重戦車工房

彼女の暴走《うずうず》は止められない!?

時は近未来、常人の能力を遥かに超える〈新種《しんしゅ》〉の存在が世界に波紋を起こしていた——。そして今、〈新種〉である己の宿命に立ち向かう少年統弥《とうや》と少女ミスティーク、そしてとにかく強い鋼鉄のメイドさんたちの音速を超えたハイエンド・バトルが幕を開ける!!

ファミ通文庫
発行／エンタープレイン

吉永さん家のガーゴイル10

既刊 1～9巻好評発売中！

著者／田口仙年堂
イラスト／日向悠二

双葉、汝が我の名を呼ぶ限り――

戦時下の日本へ時空移動した双葉とイヨは雅臣の元に身を寄せ、ガーゴイルの記憶が戻るのを待っていた。一方、現代の御色町に喜一郎が現れ、和己と一食を共にすることに。喜一郎は謝りながらもガーゴイルを滅ぼす決意を口にする――！ 大人気ハートフルコメディ第10弾！

ファミ通文庫　　発行／エンターブレイン

"文学少女"と死にたがりの道化《ピエロ》

著者／野村美月
イラスト／竹岡美穂

"文学少女"が語る、心の闇の物語とは!?

「あたしの恋を叶えてください！」何故か文芸部に持ち込まれた恋の相談が、思わぬ事件へと繋がって……。物語を食べちゃうくらい愛している"文学少女"天野遠子が見出した、人の心が分からない、孤独な"お化け"の物語とは――!? 後味ビターなミステリアス学園コメディ、開幕!!

ファミ通文庫　発行／エンターブレイン

みんなのあくあ！

著者／浅沼広太
イラスト／なぽる

元気いっぱいハートフル魔法活劇

火丸空弥は中学二年生。ある朝、自宅の冷蔵庫を開けたら謎のスライム少女がぷるんと登場!?　しかも、そんな中あらわれた母・魅紅からさらにとんでもない事実が！「その娘と契約して、魔法使い試験を受けなさいな。もちろん、その娘と一緒に暮らすのよ♪」どうする空弥!?

ファミ通文庫　発行／エンタープレイン

S式コミュニケーション①
君はぼくを殺しにきた

著者／新木 伸
イラスト／松崎 豊

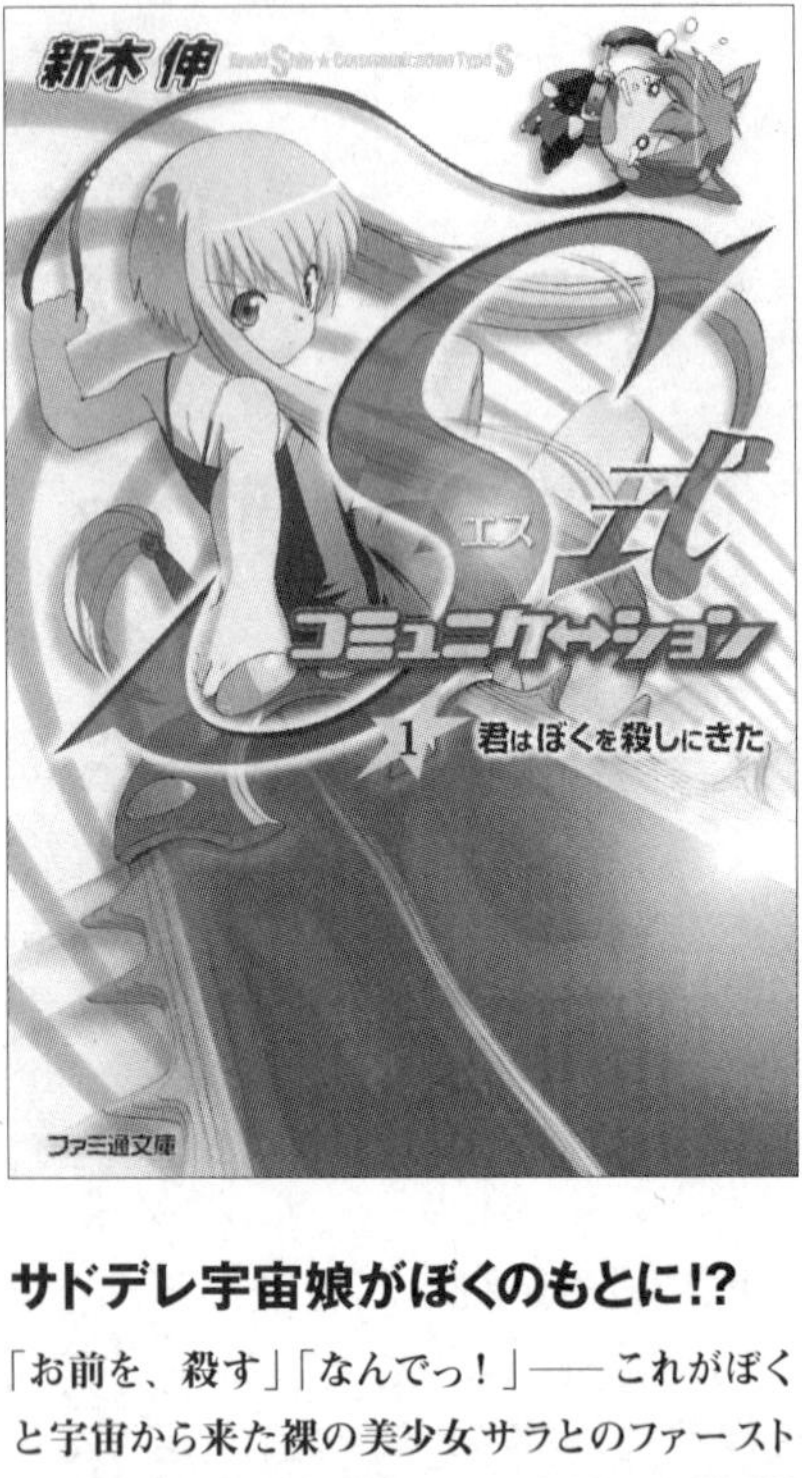

サドデレ宇宙娘がぼくのもとに!?

「お前を、殺す」「なんでっ！」――これがぼくと宇宙から来た裸の美少女サラとのファーストコンタクト。ぼくの乗ったバスを剣で一刀両断したサラは、執拗に追いかけてきた！　ぼくの体からは「大宇宙に害なすもの」のニオイがするって!?　イケナイ快感一杯のラブコメ登場！

ファミ通文庫　発行／エンタープレイン